L'ADIEU

AU VISAGE

▪ MARCHIALY ▪

L'ADIEU

Éditions Marchialy,
Une maison créée
et dirigée par
Clémence Billault
et Cyril Gay
8, rue Léon-Jouhaux
75010 Paris
www.editions-marchialy.fr

AU VISAGE

DAVID
DENEUFGERMAIN

▪MARCHIALY▪

À Roberto Ferrucci

« Alors, je crois qu'écrire, pour un médecin comme pour n'importe qui, c'est prendre la mesure de ce qu'on ne se rappelle pas, de ce qu'on ne retient pas. Écrire, c'est tenter de boucher les trous du réel évanescent avec des bouts de ficelle, faire des nœuds dans des voiles transparents en sachant que ça se déchirera ailleurs.
Écrire, ça se fait contre la mémoire
et non pas avec.
Écrire, c'est mesurer la perte. »

Communication du docteur Bruno Sachs au Colloque littérature et médecine à Tourmens sur le thème « Souffrir, soigner, écrire »

Martin Winckler

Rares sont les mails en provenance du travail capables de me bouleverser : m'agacer oui, me faire rire parfois, me bouleverser non. À l'exception de celui envoyé cet après-midi par l'hôpital. Son titre : *Fonctionnement de la chambre mortuaire et de l'équipe mobile réalisant les toilettes mortuaires au chevet du patient décédé du covid.* Y est expliquée la procédure à suivre : un agent de la chambre mortuaire se déplace en chambre pour réaliser la toilette funéraire en binôme avec un aide-soignant. Compte tenu de la technicité de ce dernier soin, du temps nécessaire à le réaliser et surtout du nombre important de décès à venir, un *recrutement* doit s'effectuer. Je m'interroge : comment va-t-on *recruter* les gens chargés de prodiguer les soins destinés aux morts du coronavirus ? Sur quels critères ? Quelles aptitudes ? Le mail ne le dit pas. Il précise que ce sera sur la base du *volontariat.*

Vouloir le faire serait-il donc une qualité nécessaire et suffisante ? Quel genre de personne peut vouloir accomplir une telle mission ? D'où peut venir la motivation à laver un corps qui ne respire plus ? Comment, alors que l'hôpital réclame son lot d'aidants pour sauver les vivants, se pourrait-il que les défunts m'attirent à leur chevet ? Plutôt que sur les corps en mal d'oxygène et encombrés de sécrétions, pourquoi serait-ce sur leurs chairs refroidies que mes mains se pencheraient ? Comment se pourrait-il que j'en vienne à *vouloir* enfiler une blouse, un masque, des surchaussures, des gants, une charlotte, des lunettes en Plexiglas et un tablier en plastique avec pour objectif d'aller toiletter les morts ? Ainsi fagoté, il me faudrait une solide motivation pour prendre l'ascenseur au sous-sol et appuyer sur le bouton chargé de me propulser 10, 20, 30 mètres au-dessus de la surface de la Terre vers cette chambre d'hôpital où le covid aurait eu raison de l'un des nôtres. Il me faudrait une grande idée, une idée d'une force telle qu'elle m'aide à traîner ma carcasse apeurée dans le long couloir de ce service où je pousserais mon chariot avec le matériel à usage unique destiné à honorer cet homme ou cette femme immobile sur son lit et qui m'attend. Armé de ce que d'autres habilleront du mot « foi » et qui n'a pas trouvé chez moi l'équivalent qui en épuiserait la vérité, je ne frapperais pas à la porte, conscient que l'occupant de la chambre n'est plus de ceux qui peuvent être dérangés.

À l'intérieur de la chambre, une infirmière m'attend. « C'est ta première toilette ? » Oui. J'observe le corps sans vie d'une femme. « Moi c'est Mireille, je suis infirmière, je te montre. » L'infirmière dégage les bras de la morte au-dessus des draps. Les cathéters sont retirés, les poches de perfusion jetées, les dernières gouttes de sang épongées. « On va déshabiller le corps, d'abord le haut, prends le drap, fais comme moi. » Mireille descend le bord supérieur du drap et en remonte le bas jusqu'à mi-cuisse. Elle forme une bande perpendiculaire au lit couvrant le bassin de la défunte. Mireille lui enlève sa montre et son bracelet, son alliance résiste. « Tant pis, consigne ça dans l'inventaire, tu le trouveras dans le tiroir du chariot. » Je note *bracelet, montre*. L'infirmière repositionne la mâchoire. « Remplis une bassine d'eau tiède s'il te plaît. » Je file aux sanitaires. Difficile d'apprécier la température de l'eau avec mes gants. La peau déjà grise est lavée. Mireille me montre : « On commence toujours par le visage pour finir par le bas. » Je hoche la tête. J'observe. J'apprends. Ce qui est sorti du corps est récupéré, jeté. Mireille me demande de soulever le drap au-dessus du bassin de la dame le temps nécessaire à ce qu'elle y glisse son gant pour nettoyer. Je m'exécute. Elle a dit « la dame ». Ça me fait bizarre. Malgré mes gants, je les sens : les draps sont chauds. Mireille jette son gant. « La famille arrive dans quelques minutes, passe-moi une serviette. » J'en tends une à l'infirmière qui sèche la peau sous le drap que je laisse retomber sur le bassin de la dame. « Sèche le reste du corps le temps que je mette tout ça dans un sac fermé. » « Tout ça », ce sont les linges, serviettes et cotons mis dans un sac destiné aux déchets contaminés. L'infirmière inspecte l'armoire. Dedans un sac de vêtements. Une robe. « Ça sera parfait, dit Mireille, pratique à enfiler. » L'infirmière sort une couche hygiénique d'un paquet placé dans le chariot. « Tu m'aides ? » Je soulève le bassin de la dame. L'infirmière passe la couche, l'agrafe sous le drap aussitôt jeté dans un panier. Je repose le corps sur le matelas. « Nous allons enfiler la robe par le haut, commence par le bras de ton côté, c'est plus simple. » Je plie le bras et le passe dans la robe. L'infirmière prend le relais, manœuvre le corps, incline la tête, la soulève, descend la robe sur le buste. La dame est immobile, habillée sur son lit. Mireille me désigne une boîte sur le chariot : « Dedans tu trouveras un peigne, passe-le-moi ainsi que les ciseaux. » Les mouvements du peigne restituent à la chevelure son volume. Le corps a perdu son aspect supplicié.

« Essaie de donner à la dame une position aussi naturelle que possible. » Je prends ses bras que je joins sur l'abdomen. Je rapproche ses jambes et ses cuisses. « Si tu ne lui mets pas de chaussures, comment va-t-elle marcher ? » J'ai droit à un clin d'œil au-dessus du masque. Au bas de l'armoire, il y a une paire de Pataugas, celle avec laquelle la dame a dû arriver. L'infirmière comprend mon hésitation. « Ne t'inquiète pas, ça leur ira. » J'enfile les chaussures. Le « leur » de « ça leur ira » ce sont eux, le fils, la fille et le mari en route vers l'hôpital. Je me recule et regarde, comme un peintre bras tendu et pouce dressé apprécie la perspective donnée à son trompe-l'œil. « Qu'est-ce que tu en penses ? » L'infirmière me sourit – enfin je suppose, car je ne vois pas son visage, juste le plissement des pattes-d'oie au-dessus du FFP2. « Maintenant la housse, amène-la. » J'en déchire l'emballage et la tends à Mireille. « Prends-la à un bord, je m'occupe de l'autre. » Nous nous reculons comme si nous nous apprêtions à déplier du linge de lit sorti de l'armoire. « Vérifie la fermeture du haut pendant que je vérifie celle du bas. » Nous actionnons à tour de rôle les glissières, enfilons la housse par le dessus et la glissons sous le corps. « Bascule la dame vers toi le temps que je zippe. » Je pose une main sur l'épaule et le bassin. Je tire le corps. La housse est fermée. Je replace la dame sur le dos, engoncée dans sa housse. J'ouvre la glissière du dessus. « Non, pourquoi ouvrir ? » Mireille prend un cadre photo dans l'armoire et me le montre : « La dame les attend eux, on ouvrira quand ils seront là. » La photo est prise dans un jardin, la famille au complet devant une balançoire. Je compare le visage de la femme dans ce jardin à celui vu avant la fermeture de la housse. Mireille rapproche la table de chevet de la tête de lit. Elle enlève la seringue auto-pulsée et pose à sa place le portrait de famille. « Ça change tout, n'est-ce pas ? » Je fais oui de la tête. Incongruité de cette photo à côté du corps ensaché. L'infirmière sort un rouleau de Micropore. Elle s'accroupit et fait bien attention de ne pas scotcher son gant en collant la bande sur le sol autour du lit. D'instinct, je passe de l'autre côté de ce rectangle tracé autour du corps, comme une aire sacrée que découperait une ligne de feu. Je regarde la housse, le portrait à côté. Nous quittons la chambre. Un homme et deux enfants en blouse, masque, gants et charlotte sur le crâne attendent au bout du couloir. Ils avancent vers nous. Les enfants regardent leur père. Je laisse Mireille parler. « Vous êtes le mari de madame, je suppose ? » L'homme répond oui. « Je vous explique comment cela va se passer. » Mireille s'accroupit : « Il faut bien m'écouter les enfants et surtout bien tenir la main de papa. » Je leur ai expliqué, dit l'homme dans une grande inspiration. « Vous avez vingt minutes, nous nous tiendrons dans un coin de la pièce, derrière vous, notre présence est réglementaire, vous ne franchissez pas la ligne qui se trouve au sol, sous aucun prétexte, vous ne touchez à rien, rien du tout, d'accord les enfants ? Vous avez le droit de toucher papa, juste papa, rien d'autre, même pas nous. » « D'accord Adèle, d'accord Arthur ? » insiste le père en prenant fermement leur main. « Oui, papa », répond la petite fille. « Oui », répond son frère. « C'est bien, dit Mireille qui s'adresse à la plus jeune, tu as quel âge ? » 6 ans. « Et toi ? » 9 ans. « Nous avons besoin de deux petites minutes avant de vous faire entrer, restez ici. » Mireille ouvre la porte. Je referme derrière moi. J'appuie sur le bouton de présence. Mireille ouvre la housse de haut en bas : « Coince un morceau de la housse sous l'épaule. » Je la regarde emprisonner la toile entre corps et matelas, je copie son geste. La housse se fait oublier, rabattue sous le corps. « Maintenant, essaie de la coincer côté jambe entre matelas et ferraille pour ouvrir au maximum. » J'en prends un morceau à hauteur du genou que je coince sous le matelas. « Parfait, fais-les entrer. » J'ouvre la porte. L'homme entre, ses enfants collés à lui. Je rejoins Mireille qui s'est faite toute petite dans le coin. Le premier à crier est le garçon. Le père serre son fils et sa fille contre lui.

Ils sont de dos. Leurs corps s'agitent par secousses. L'homme éclate en sanglots. Je ravale ma salive. Mon masque me gêne. Je tente de le mobiliser en ouvrant ma mâchoire. La petite fille répète « maman ? » Elle demande à son père si sa mère l'entend. Le père est incapable de faire une phrase. Adèle regarde son frère qui ne lui répond pas. Elle se tourne vers nous. « Madame, est-ce que ma maman, elle m'entend ? » Mireille s'accroupit devant l'enfant : « Tu peux parler à ta mère si tu veux. » La petite fille regarde le corps immobile, se tourne à nouveau vers Mireille : « Je peux ? » Oui. Adèle se blottit contre son père : « Je t'aime maman, j'espère qu'on se reverra. » Son frère lui emboîte le pas : « Je t'aime maman. » Le père se joint à ses enfants : « On t'aime ma chérie. » Mireille me fait signe, nous sortons. Ils ont droit à ce dernier moment à quatre. Nous fermons la porte et nous plaçons dans un renfoncement du couloir, invisibles. Mireille regarde ses pieds : « Nous devons nous préparer à faire ça quatre à cinq fois par jour de 8 heures à 20 heures. » L'infirmière écoute à la porte puis reprend : « L'hôpital parle d'ouvrir un service mortuaire de garde en dehors des horaires d'ouverture, tu te sens prêt à venir la nuit ? » Les yeux de Mireille brûlent. Les miens aussi. « Je sais pas, on verra. » Je me tais. Mireille regarde l'horloge dans le couloir. « Tu fais quoi sinon ? – Psychiatre ici dans cet hôpital, j'appartiens à une autre équipe mobile, on soigne la rue, les SDF, j'ai un cabinet aussi. – C'est bien », dit Mireille qui pose son oreille contre la porte. Elle ne lâche plus des yeux l'horloge. Dix minutes passent. Mireille frappe à la porte. Nous entrons. Je ferme derrière moi. « C'est l'heure », dit-elle. L'homme et ses enfants sont calmes. Le garçon ne quitte pas sa mère des yeux. Il se remet à pleurer. « Il faut y aller, bonhomme. – Non, papa. » Le père insiste, me regarde, il cherche du secours. Mireille intervient : « Il faut partir maintenant. » Le garçon ne bouge pas. « Si tu le souhaites, tu peux déposer quelque chose sur le sol, je le ramasse et je le donne à ta mère pour qu'elle le garde avec elle. » Les yeux du garçon s'ouvrent, il tâte sa poche. « Rien, je n'ai rien. » Il panique. La photo de famille sur la table de chevet, le garçon la montre : « Je veux que maman nous ait avec elle, je veux pas qu'elle reste toute seule. – D'accord mon garçon. »

Mireille franchit la ligne et prend le cadre. « Je peux poser la photo sur le cœur de ta maman, ça te va ? » Le garçon hoche la tête. Mireille pose le cadre avec précaution. La sœur prend la main de son frère. Le père et ses enfants se dirigent vers la porte. « Ne touchez pas la poignée, dit Mireille, mon collègue va vous ouvrir. » Je demande que l'on s'éloigne afin de me laisser passer. J'ouvre.

Le père nous remercie. Mireille lui souhaite beaucoup de courage. Moi aussi. Porte fermée, elle place le cadre sous les mains de la défunte : « Il risquerait de tomber pendant le transport sinon. » Mireille ne laisse rien au hasard. Elle dégage la housse de son côté, moi du mien. Nous la zippons. Un sac blanc sur un lit. Mireille sort la paire de ciseaux du tiroir du chariot, gratte au sol l'extrémité de la bande avec la pointe, la décolle en prenant soin de ne pas prendre ses gants dans l'adhésif. On tape à la porte. J'ouvre. Un brancard. Je le place à côté du lit. Nous hissons le corps dessus et quittons la chambre. Je pousse la dame dans l'ascenseur, Mireille tire le chariot. J'appuie sur – 1.

La dernière visite au défunt – est-il précisé dans le mail – *durera vingt minutes et sera limitée à deux personnes.* Inscrite en italique en bas de page, cette dernière visite a un nom : *l'adieu au visage.* D'adieu au visage dans cette chambre avec Mireille il n'y en a pas, *l'adieu au visage* n'existe pas encore, les choses ne se passent pas encore comme je viens de les décrire : au commencement on ne lave plus les corps, on ne les coiffe plus, on ne les habille plus, on ne les présente plus – d'accompagner les morts, il n'est plus question.

1

C'est dans une salle du sous-sol de l'hôpital que tout commence, un 10 mars, à mon retour de vacances. Cet après-midi-là, j'en pousse les portes, l'œil rivé à mon iPhone et au SMS de Julie : *Jean-Charles est mort, je t'en dis plus dès que possible.* Les collègues sont debout, silencieux. Ben me salue. Il m'indique une pompe à gel. Mes yeux parcourent la pièce. J'acte la disparition de la grande table ovale mais pas encore celle de Jean-Charles. Un pupitre en bout de salle a été installé. Des chaises ont été dispersées. Ben et moi nous asseyons. J'aimerais lui demander s'il est au courant pour Jean-Charles mais Ben me chuchote : « Fais gaffe, la consigne c'est distance et masque pour ceux qui en ont un, t'as ouvert tes mails pros au moins ? » Non. « Fais-le. »

J'ouvre la boîte mail de mon iPhone, je clique sur *Réunion crise covid.* J'apprends qu'Éric est nommé responsable de la gestion de la crise sanitaire par le directeur de l'hôpital. *Présence de chacun indispensable, résumé de la situation, ce à quoi s'attendre.* Trois lignes au style militaire, des phrases sans sujet, le langage de l'urgence, signé *Éric.* Je lis en diagonale : déprogrammation de toutes les consultations, vidange des services, fermeture des activités de chirurgie programmée, transformation des salles de réveil en lits de réa. L'hôpital se désosse. Je range mon iPhone. J'observe Ben, la salle, nos corps assis. Je chuchote : « Et notre travail dans la rue avec les SDF ? » Ben croise les doigts : « Nous ne sommes pas impactés pour le moment. »

Éric entre dans la pièce. Il porte un masque. Sa silhouette n'a pas changé, son pas non plus. Allumer le vidéoprojecteur et se placer derrière le pupitre pourraient être des gestes simples mais Éric les surligne. Je jette un coup d'œil sur mon portable : zéro nouvelle de Jean-Charles. Combien sommes-nous ? Si on multiplie le nombre de chaises par le nombre de rangées, ça fait 54. Éric nous plonge dans le noir, mes yeux s'adaptent au bleu d'un PowerPoint intitulé *Covid-19, enjeux, conduite à tenir.* Il s'éclaircit la voix : « Vous m'entendez ? » Des oui sont murmurés.

« Il va y avoir des morts. »

Éric pourrait au moins dire bonjour. Il appuie ses mains sur le pupitre : « Le dispositif hospitalier est presque à saturation dans les hôpitaux de l'Oise et du Grand Est. Le virus se répand. À l'heure où je vous parle, il incube dans l'agglo, nous n'avons que quatre cas déclarés – rien en comparaison de Crépy-en-Valois. Nous n'avons aucun covid en réa pour le moment, mais ça va exploser la semaine prochaine, dans dix jours tout au plus, ça va aller vite, très vite, comme en témoigne cette diapositive. »

Je regarde une ligne rouge raser le plancher début mars. Son ascension donne le vertige : le 7 elle flirte avec le chiffre 4, mi-mars elle s'élève à 55, début avril à 820, mi-avril à 1 900. Je lève les yeux vers Ben, absorbé comme moi par le décollage de la courbe. J'ignore si cette pente recense le nombre d'infectés, de réanimés, de futurs tués.

Éric pointe son laser sur le sommet : « 1 900 décès rien que dans notre région est une prévision raisonnable à ce stade. Si on confinait aujourd'hui comme vient de le faire l'Italie, on pourrait rester a priori sous la barre des 2 000 – je dis bien a priori. Cesser de nous serrer la main ne suffira pas à remporter cette guerre ni l'ensemble de ce qu'il est convenu de nommer *gestes barrières*, il va falloir être sur le front vingt-quatre sur vingt-quatre, ça va tanguer, messieurs. »

Éric se tait. Personne ne bronche, pas même mes collègues femmes que le « messieurs » escamote. Éric bat la mesure de ses doigts frappés sur le pupitre. Il a prononcé le mot « guerre ». Je devine au plissement de ses yeux un sourire satisfait sous le masque. Une situation forte réclame des hommes forts. « Avez-vous des questions à ce stade ? » *Oui*, ai-je envie de répondre à Éric, *au nom de quoi une guerre se préparerait ? Tu nous parles d'un agent infectieux comme l'hôpital en affronte toute l'année, tu ouvres ton propos par il va y avoir des morts, tu ne dis pas bonjour, je te trouve cavalier, comme d'habitude*, voilà ce que je rêve de dire à Éric. Mais deux choses me retiennent : notre haine réciproque et cette courbe sous mes yeux, 1 900 décès, deux fois mon quartier, la totalité de ce village d'Isère où hier matin, dernier jour de vacances, je faisais un bonhomme de neige avec les enfants.

Éric change de diapositive : « On estime entre 150 000 et 300 000 le nombre de morts en l'absence de mesures radicales à l'échelle nationale d'ici début mai. » Je dégaine mon portable. Le pays, c'est trop grand pour moi. Sur l'application calculatrice, je divise 60 millions de Français par 300 000 et je tombe sur 200 : 1 habitant sur 200 va mourir. Ça représente quoi 1 sur 200 ? Rapporté à ma rue et le numéro 343 où j'habite, s'il y a 4 habitants en moyenne par foyer, nous sommes environ 1 500 à peupler mon avenue, ce qui fait 8 personnes à devoir y mourir, soient 2 maisons dans ma rue qui disparaissent, la mienne et celle des voisins. Ce matin au cabinet, mes patients m'ont demandé si on devait continuer de se serrer la main. Pour toute réponse j'ai tendu la mienne, serré toutes les mains, fort de mes grandes théories sur la nécessité de nous toucher et d'habiter un monde où chacun doit assumer le risque d'avoir un corps. 300 000 mille morts: Éric aura peut-être à réanimer ceux de ma patientèle à qui j'aurai filé le virus.

Éric change de diapo: « Les dernières prévisions tablent sur vingt-huit jours d'épidémie, il va nous falloir absorber un flux inédit de malades. » Ma poche vibre. Éric pointe son laser sur la diapo: « Les collègues du sud du département sont déjà débordés, il nous reste quelques jours avant de connaître le même sort. » Je regarde mon portable. Message de Julie. *Jean-Charles a fait un infarctus, ça faisait deux jours qu'il attendait à l'hosto, dixit Chantal.*

Je lève la tête de mon téléphone. Dans quel état est Chantal? Éric a changé de diapo, des courbes aussi incompréhensibles que la mort de Jean-Charles dessinent un pic dont Éric dit qu'il représente la paroi vers laquelle nous sommes lancés. « Ce sera, messieurs, une vague sans précédent, les lits des hôpitaux recensés ici sont en voie de saturation, on transfère déjà sur le nôtre. » Je textote : *Comment ça JC est mort d'un infarctus à l'hosto !?* « Nous allons déprogrammer tous les blocs opératoires non urgents, transformer des salles entières en unités de réanimation, nous n'aurons jamais assez de respirateurs, l'établissement en louera pour l'occasion, ça va coûter un bras. » Mon portable vibre à nouveau. Je jette un coup d'œil : *Ils ont mis six heures pour trouver un bloc qui accepte un pontage en urgence. Il est mort pendant le transfert en hélico, c'est tout ce que je sais.*

Éric regarde à droite, à gauche : « Des questions ? Non ? Parfait, nous ouvrirons demain une unité covid avec des plages de consultation de 13 à 17 heures en semaine : n'importe quel médecin peut y aller, on vous forme, en une heure vous êtes opérationnels, des infirmiers en pratique avancée vont pouvoir s'y rendre pour renforcer les effectifs. » *C'est terrible,* écris-je, *je t'appelle après la réunion.* Je range mon portable. « Le planning est plein de trous, dit Éric en s'attardant sur moi, faut remplir, je veux voir tout le monde sur le pont, y compris les médecins loin de la médecine, je pense aux psychiatres, aux biologistes, aux anapaths. » Éric ne me lâche pas du regard. Je me demande pourquoi c'est moi qu'Éric fixe ainsi et si c'est une provocation. Je suis le seul psychiatre dans cette salle, mais pas le seul médecin loin de la médecine, et mon ami Jean-Charles est mort, et plein de gens vont mourir, et rien ne va. « C'est sans risque pour vous, poursuit Éric : on vous donne une charlotte, des lunettes jetables, un FFP2, une blouse à manches longues, des gants, une surblouse plastifiée en cas de projections. Le patient est acheminé par un agent de sécurité, un infirmier prend les constantes, vous êtes en bout de chaîne : vous examinez, vous prescrivez les bilans, tout est écrit sur une feuille, on a pensé à tout, y a qu'à cocher et décider du plan de bataille : retour à domicile ou hospitalisation. » Éric change de diapo, on y voit la photo d'un vieillard sous oxygène. À quoi pensait Jean-Charles dans son hélicoptère en altitude ? « Je rappelle votre objectif : traquer l'ennemi, un virus. Le portrait-robot du malade à hospitaliser, vous l'avez sous les yeux : un homme de plus de 65 ans, du diabète, un surpoids. » Jean-Charles avait 62 ans, pas un poil de graisse et une passion revendiquée pour la clope. « Vous décrochez la timbale s'il est insuffisant rénal, immunodéprimé, greffé, s'il a un cancer ou une cirrhose, je vous rappelle que nous ne sommes pas la dernière région alcoolique de France, des questions ? »

Les épaules d'Éric ne tiennent pas en place, il est bourré de tics – la fatigue conjuguée à l'adrénaline sans doute. Il change de diapo : « Si votre patient a une fréquence respiratoire supérieure à 30 par minute ou un foyer auscultatoire, s'il altère sa conscience et ses constantes vitales, direction la réa ; s'il chauffe à 40 ou passe sous la barre des 35, réa ; un épanchement ? réa. » Jean-Charles n'était pas du genre à s'épancher. Dès qu'il le pouvait, Jean-Charles passait du temps avec son fils handicapé, l'asseyait face à lui, sortait sa guitare et jouait pour lui clope au bec. Alors son fils cessait de crier et de se frapper. Éric change de diapo : « Il y a des questions indispensables à poser à votre patient : revenez-vous d'une zone à risque ? Wuhan ? La Lombardie ? Mulhouse ? La Savoie ? Avez-vous été en contact avec un cas avéré ? Oui ? OK, donnez-moi l'identité des personnes qui vous côtoient depuis quinze jour, nom, prénom, adresse, numéro de téléphone, où ? Quand ? Comment ? vous devez tout savoir, tout. » Éric projette une photo de Peter Falk : « Toute guerre se gagne sur le renseignement, ne laissez aucune piste de côté, enquêtez, si vous avez des soupçons sur l'existence d'une infection à coronavirus, il y a des critères d'aide à la décision d'hospitaliser comme vivre dans des conditions socio-économiques défavorables, être incapable d'observance thérapeutique, se trouver isolé sur le plan social, n'avoir aucun accès aux besoins de base alimentaires ou aux moyens de communication type téléphone ou ordinateur, partager des toilettes sur son palier avec d'autres locataires, ne pliez pas les confettis en quatre, hospitalisez, avez-vous des questions ? »

Éric est absorbé par son rôle de chef de guerre. Moi, je rêve de poser une question, ou plutôt deux, d'abord où sont les masques, ensuite que va devenir le fils de Jean-Charles ? Mais tout le monde se tait, moi le premier. « Puisqu'il n'y a pas de questions, messieurs, abordons le gros du problème : le personnel. La réa ne s'improvise pas, c'est technique, il faut du temps pour former aux gestes et au maniement des machines. Nous commençons à rappeler le personnel mis en retraite ces trois dernières années, il serait dommage que le combat cesse faute de combattants. » Éric a dit « combattants », il s'écoute parler. Il a de la chance de pouvoir parler. Le fils de Jean-Charles, lui, est incapable de parler. À l'heure qu'il est, il doit répéter en autiste la syllabe « pa », se mordre les mains, se frapper le torse dans l'espoir de faire revenir son père. Il doit paniquer comme un soldat à la recherche de son bras soufflé par un tir de mortier et Chantal doit être en train d'essayer de chanter pour l'apaiser. Éric fait craquer les os de ses doigts : « Nous sommes partis pour de la médecine de guerre, et qui dit guerre dit morts, et si j'insiste sur les morts, c'est parce que pour eux les consignes changent à partir de vendredi :

la famille est prévenue du décès, elle récupère les effets du défunt mais ne pourra en aucun cas voir le corps. » J'imagine le fils de Jean-Charles privé de voir le corps de son père. Éric poursuit : « Le protocole prévoit la mise en housse immédiate, pas de toilette mortuaire, cercueil fermé, aucune dérogation possible, on mèche les narines du défunt, on recouvre son visage, on le housse, tout doit aller très vite, les cadavres sont hyper contagieux ; enfin, dernier point, le pays se croit au stade 2 quand nous savons être déjà au stade 3, en phase épidémique déclarée. La phase 2 a eu pour effet de désynchroniser le pic grippal du pic covid : leur simultanéité aurait abouti à des milliers de morts d'un coup, ce ne sera pas le cas, on a déjà évité ça. » Je lève la main. Éric cligne des yeux : « Oui ?

— On ne peut pas se débarrasser des corps comme ça.

— Ce sont les directives, elles s'imposent à nous.

— Non Éric, nous devons ouvrir une brèche dans ce protocole, sans quoi nous allons nous abîmer. »

Louis, mon collègue légiste, se lève. Il porte un masque : « Nous réfléchissons à un dispositif qui permettrait aux familles de dire au revoir à leur proche, un adieu au visage, nous vous le soumettrons au plus vite.

— OK, on en reparle, s'il n'y a pas d'autres questions on refait le point vendredi, n'oubliez pas de remplir le tableau de présence. »

Nous quittons la salle. Dans le couloir du sous-sol, j'appelle Julie : répondeur. Je raccroche. Je propose à Ben de nous rejoindre dans vingt minutes au local : on réfléchira au plan de bataille pour nos patients à la rue. J'ai dit « bataille », il y aurait donc du guerrier en moi. Je passe devant la morgue, direction la sortie. J'ai besoin d'air, de lumière. Dehors, Louis s'en grille une. Je m'approche : c'est quoi ce dispositif auquel tu songes avec les corps ? Masque sous le menton, Louis tire sur sa clope : « Quelque chose qui amortisse la violence de ce qui se passe dans les unités covid. » C'est-à-dire ? « La sale mort. » Louis écrase sa cigarette dans le cendrier à l'extérieur : « Des gens qui meurent seuls, qui s'étouffent. » Il replace son masque : « Les équipes qui soignent sont les mêmes que celles qui se débarrassent des corps, on ne peut pas les laisser comme ça, ce qu'on me rapporte est terrible, toi et tes copains psychiatres vous allez avoir du boulot, je te laisse. » Louis tourne les talons. Je le regarde s'enfoncer dans le sous-sol. Je prends à gauche, une butte d'herbe ensoleillée. Je m'y assois. Je sors mes écouteurs, je déverrouille mon iPhone et je cherche Jean-Charles sur sa chaîne YouTube. Je clique sur son tuto de *Shape of My Heart* de Sting. Nous sommes l'été dernier, c'est moi qui filme. Je cadre mon ami assis sur un tabouret chez lui, dans sa salle à manger à côté de son fils. Je m'allonge dans l'herbe, je regarde le visage de Jean-Charles me faire un clin d'œil et ses doigts pincer les cordes. Je regarde surtout son fils, l'effet de la musique sur son corps, immédiat, qui cesse de se balancer.

2

J'ai mal au ventre. Une douleur lancinante. Ben et moi maraudons depuis ce matin dans la ville bientôt confinée. Ben est sombre au volant du camion et moi je suis enfermé dans ma tête à me demander ce qui m'a pris de me porter volontaire cet après-midi en unité covid. Assis sur mon siège, je me force à m'en tenir à ce que j'ai sous les yeux, un soleil généreux, un soleil qui brûle tout, qui brûle jusqu'aux affiches électorales que Ben me montre : « Le maire, regarde-le cet enfoiré, réélu au premier tour, lui et ses caméras qui vont continuer de nous verbaliser quand on se garera en double file pour porter secours à nos SDF, ville de merde. » Ben râle depuis sa prise de poste ce matin et moi j'aimerais sortir de mon angoisse. Je repère une fleuriste sur le trottoir en train d'installer des tréteaux. Elle dispose ses fleurs. Nous stoppons le camion. Je baisse ma vitre : « Bonjour madame, serait-il indiscret de vous demander ce que vous faites ?

– Non, à condition que vous me disiez d'abord ce que vous faites dans ce camion.

– Nous sommes un Samu social santé, nous soignons les SDF. On a jusqu'à midi pour les convaincre d'aller en foyer se confiner. Et vous ?

– Je ne veux pas voir mes fleurs faner dans l'arrière-boutique. Je les étale ici, je les offre, vous êtes les premiers, prenez celles que vous voulez.

– Vraiment ?

– Puisque je vous le dis.

– Les roses blanches, c'est possible ?

– C'est pour madame ?

– Oui.

– Combien je vous en mets ? »

Je regarde Ben comme s'il savait mieux que moi, je bafouille, la fleuriste me demande : « Depuis combien de temps êtes-vous ensemble, je veux dire vous et madame ?

– Quinze ans.

– Eh bien, je vous en mets quinze. »

La jeune femme attache les roses avec du bolduc. Elle se tourne vers Ben : « Et vous monsieur, qu'est-ce qui vous ferait plaisir ?

– Trois roses, ça serait parfait.

– Et trois roses pour monsieur, bon confinement ! »

Je pose nos bouquets sur le tableau de bord. Nous remercions la fleuriste. Ben repart. « Ça te dérange si je passe au cimetière ?

– Pas du tout. »

Nous roulons jusqu'au cimetière, noir de monde. Impossible de stationner. Ben se gare à la hussarde : « Je me mets en warnings derrière les bagnoles, tu bouges le camion si quelqu'un a besoin de sortir.

– Pas de soucis. Prends ton temps. »

Ben attrape son bouquet. Je passe côté conducteur. Mes yeux l'accompagnent jusqu'au portail. Je le regarde s'enfoncer roses au poing au milieu des tombes. Ça rentre. Ça sort. Beaucoup de vieux. Le côté gauche du camion déborde sur la chaussée. C'est 135 euros le stationnement gênant. 67,50 euros chacun. Quand on la prend, on coupe la prune en deux avec Ben. Raison pour laquelle je détaille le paysage : pas de caméras visibles sur les lampadaires de la ville. Si toutefois un mouchard de chez Huawei a échappé à mon attention et flashé notre plaque, on n'y coupera pas – mais c'est le prix pour dire au revoir à Charlotte, la mère de la fille de Ben. Un homme me fait signe. Je gêne. Je fais marche arrière. L'homme s'en va, je prends sa place. Je descends du camion. L'air est anormalement doux, je regarde les feuillages déjà bien verts et je me demande comment va se passer mon immersion en unité covid tout à l'heure. Ben revient. Je tâche d'éviter ses yeux rouges. Il claque la portière côté passager : « Tu conduis. »

Je prends direction notre boulangerie préférée. Deux personnes attendent devant. Je vérifie dans ma veste la présence de ma carte bancaire et je demande à Ben : « Thon mayonnaise comme d'habitude ?

– Comme d'habitude. »

Je fais la queue. Ben reste à l'intérieur du camion. Je regarde ma montre. Dans trois heures j'y serai. L'infirmière chargée de m'accueillir là-bas s'appelle Mireille, c'est tout ce que je sais. J'observe Ben : assis tête penchée contre la vitre, il rêve, il est ailleurs. Les clients entrent au compte-gouttes dans la boulangerie. À mon tour. Notre amie Martine a fabriqué un paravent en Plexiglas posé sur le comptoir.

« Bonjour Martine, la même chose que d'habitude s'il te plaît. »

Bandana sur le visage, la boulangère ne parle pas. À peine bonjour. Je paie sans contact. « Bon courage, Martine. » Je sors de la boulangerie. Ben a repris les commandes du camion. Je lui tends son sachet avec sandwich, bouteille d'eau et oranais : « Midi moins le quart, on est dans les temps.

– Ça te dérangerait qu'on aille manger devant l'école de ma fille ?

— Pas du tout, on y va. »

Nous empruntons la grande ceinture de boulevards. Les rues sont vides. La ville est à l'arrêt. Midi passé. Le confinement a débuté. Pas pour nous. Nous nous garons devant l'école qui accueille les enfants de soignants. Panneaux et affiches électorales continuent de nous narguer. Ben coupe le moteur. Quelqu'un a dessiné au maire un sourire carié sous une moustache du IIIe Reich. À côté, le candidat écolo fume un pétard. Portières ouvertes, sur la pointe des pieds, nous profitons de la hauteur du camion pour observer pardessus les murs. Ils sont huit enfants dans la cour. L'enseignante mange un sandwich. La fille de Ben s'ennuie sous le préau. Un animateur dessine à la craie sur le sol. Ben soupire. Je tape du plat de la main sur le toit : « T'inquiète pas pour elle, inutile de t'infliger ça, on continue la tournée.

— Faut que je trouve une solution pour ma fille, je peux pas la laisser comme ça.

— C'est le premier jour Ben, elle va s'adapter. »

Retour dans l'habitacle. Ben a les yeux dans le vague. Je cherche quelque chose à lui dire, mais rien ne me vient. Ben vit seul avec sa fille. Moi j'ai Julie, elle garde nos enfants à la maison, sa classe de maternelle est fermée, ce soir j'aurai la chance de lui offrir un beau bouquet de roses blanches. Je sors un marqueur de la boîte à gants :

« On dessinerait pas une moustache à la candidate du Rassemblement national avant de retourner marauder ? » Silence. Ben est sec comme ce soleil de mars en train de brûler mes fleurs derrière le pare-brise. Je les dépose sur la banquette arrière. Ben met le contact. J'allume l'autoradio. *Il est 13 heures sur France Inter, nous sommes le mardi 17 mars, premier jour de confinement, soyez les bienvenus dans le 13-14*. Nous quittons l'école. Je monte le son. La voix du journaliste me fait du bien. Toute voix est préférable au silence de Ben, qui roule au pas. Nous nous traînons. Nous laissons le musée des Beaux-Arts, fermé. Les rues sont désertes, la ville fantomatique. Ben avance comme un escargot. Il observe l'enceinte du cimetière devant lequel nous repassons, il tord le cou comme pour voir par-dessus les murs et conjurer le fait que maintenant les morts vont devoir se garder seuls, à commencer par Charlotte, la mère de sa fille. Le journaliste du 13-14 égrène le chiffre des réanimés. L'invité estime que le pic arrivera dans quinze jours avec plus de 10 000 personnes en réanimation et un nombre possiblement important de tués, l'invité insiste sur le *possiblement. Je ne veux pas créer de sentiment de panique chez les auditeurs.*

« Dix mille mecs en réa, Ben, tu te rends compte ?! »

Ben accélère, je ne sais quelle mouche le pique, le chiffre des réanimés peut-être. Il prend direction la gare – déserte –, bifurque rue des kebabs – personne –, remonte l'artère principale jusqu'au centre-ville – mort. Nous scannons chaque coin de la ville dans l'espoir de débusquer un SDF à confiner. « Merde ! » Ben écrase la pédale de frein. « Regarde-le ! »

Serge est affalé contre le rideau métallique d'une boutique de fringues. Le camion monte sur le trottoir. « Je vais voir ce qu'il a, prends la valise de soins, rejoins-moi. »

Ben se précipite hors du camion. Je me penche vers l'arrière pour attraper la valise. De l'autre côté du pare-brise, j'entends que ça hurle. Ben évite une mandale de Serge et court se réfugier dans l'habitacle. Agrippé au rideau en ferraille, Serge replace ses lunettes, majeur vers le ciel. « Enculé, viens-là que je t'en foute une ! » Ben verrouille sa portière. « Je ne sais pas ce qu'il a, mais il est enragé ! » Le camion déboîte sur la chaussée. Serge se plante devant nous, bras en croix. Son poing s'abat sur le capot. Je baisse ma vitre : « Bon sang Serge, mais à quoi tu joues !?

– Ton pote a voulu me piquer mes lunettes ! »

Ben passe sa tête par le carreau : « Je t'ai juste proposé d'en scotcher la branche pour que tes lunettes soient moins de travers.

— Va te faire foutre ! »

Je hausse le ton : « Ça suffit Serge, laisse-nous passer. Si tu ne veux pas qu'on t'aide, respecte au moins ce camion, c'est notre outil de travail, OK ? »

Serge se tait. Derrière ses culs-de-bouteille, ses yeux me fusillent.

« Foutez le camp, bande de cons. »

Nous tournons dans la ville. Je monte le volume de l'autoradio. *Pensez-vous, professeur, que deux semaines seront suffisantes ou bien faut-il d'ores et déjà se préparer à un confinement plus long ?* Silence gêné de l'invité. *Deux semaines semblent un minimum.* Sur les marches du Carrefour City, Loïc nous fait signe. Ben se gare. Une femme en tailleur attend qu'un client sorte du magasin. Nous traversons la chaussée.

« Salut Loïc, t'as pas froid dans tes tongs ? »

Pas de réponse de Loïc. On dirait que son orteil commence à se nécroser. Il désigne le camion : « T'aurais pas un sandwich ?

— On a tout ce qu'il faut, sandwich, pull, pantalon, manteau, duvet, baskets, on te donne un sandwich, des fringues et on peut même t'emmener te doucher, ça te dit ? »

Loïc se gratte le torse : « Non, juste un sandwich. »

Un jeune à casquette sort de la supérette, dégoupille une canette et s'assoit sur les marches. La femme en tailleur entre.

« Voilà ce que je te propose Loïc, on profite du sandwich pour t'emmener faire ton injection au centre.

– Je veux pas.

– Alors, je te fais ton injection dans le camion, t'as deux semaines de retard, c'est pas le moment de rechuter. »

Y a que Ben pour être aussi frontal avec les schizophrènes. Loïc nous fixe. Je me demande ce qu'il voit. J'ai ma réponse quand deux flics surgissent dans mon dos pour demander attestation et carte d'identité au jeune à casquette en train de boire du Coca. Il montre ses papiers au plus grand des deux flics.

« Nolan, c'est ça ?

– Oui, monsieur.

– Tu viens d'avoir 18 ans. »

Le jeune acquiesce.

Loïc respire vite, il ne lâche pas les flics des yeux.

« On peut savoir ce que tu as acheté, Nolan ?

– Du Coca, monsieur.

– C'était urgent d'en acheter ? »

Nolan désigne le Lavomatic sur le trottoir d'en face : « Je vis en foyer, j'attends que ma lessive se termine, je bois un Coca pour passer le temps.

– C'est un produit de première nécessité le Coca ? Parce que tu as coché la case *Produit de première nécessité.*

– Ché pas, c'est de l'alimentaire.

– Tu peux nous dire ce qu'elle fait ta mère ?

– Ché pas monsieur, je la vois plus, elle fait des petits boulots, j'crois.

– Comme caissière par exemple ?

– Je comprends pas votre question mais oui je crois que c'est déjà arrivé qu'elle fasse caissière.

– Ça te plairait de tuer ta mère ? »

Le jeune triture sa casquette : « Faut pas dire des trucs comme ça, jamais je ferais de mal à ma mère.

– Alors explique-nous pourquoi tu mets en danger la vie d'une caissière pour une canette de Coca. »

Loïc est terrorisé, il regarde Ben : « Fais-moi mon injection s'te plaît. »

Ben et Loïc se rendent au camion. Je cours à la pharmacie 50 mètres plus loin. Je pousse la porte.

« Muriel, j'ai besoin de trois ampoules d'Haldol, je te rédige l'ordonnance. »

Muriel me remet trois boîtes.

« Tu trouveras le numéro de Sécu à côté de son nom sur l'ordonnance pour te faire rembourser, c'est le genre de patient qui peut changer d'avis d'une minute à l'autre, je me dépêche. »

Retour au Carrefour City. Le jeune à casquette a disparu. Les deux flics sont un peu plus loin, place de l'Hôtel-de-Ville. Ils font de la pédagogie avec Maryline couchée par terre à côté de ses chiens. À l'arrière du camion, je donne à Ben le kit d'injection. Loïc descend son caleçon. J'ai un haut-le-cœur. Ben pousse la seringue dans la fesse, lentement, ne surtout pas déchirer le muscle. Il la jette dans notre poubelle Dasri.

« Je ne t'ai pas fait mal ? »

Loïc remonte son bermuda : « Non.

– Tu veux qu'on te trouve une place en foyer ?

– Non, et mon sandwich ?

– Tiens, un jambon-beurre. »

Loïc descend du camion et file dans la rue.

Je m'adresse à Ben : « Les deux flics, je les ai vus discuter avec Maryline, place de l'Hôtel-de-Ville.

– OK, on y va. »

Nous roulons sur 100 mètres et nous garons devant le Mac Do, fermé. Maryline est seule, accroupie sur un carton. Deux chiens dorment à ses pieds ainsi qu'une boîte de conserve avec 50 centimes dedans.

« Ça va être dur de faire fortune pendant le confinement », dis-je.

Marilyne sourit, canette à la main : « Je m'en sortirai, t'en fais pas pour moi.

– Il reste des places en foyer si tu veux, tout le monde doit se confiner, on peut t'emmener. »

Marilyne caresse ses chiens : « C'est toi qui t'occuperas de Rocky et Apollo ? » Elle agite sa boîte en ferraille. « Donne une pièce si tu veux m'aider.

– Personne ne te donnera de pièce car plus personne ne circule, accepte le foyer, tu seras en sécurité, une femme sur le pavé, tu sais ce que ça donne. »

Marilyne termine sa bière : « Ça fait un an que j'ai mes bébés, je suis plus forte avec eux qu'avec vous, vos foyers pleins de poux vous pouvez vous les foutre au cul, vous donnez une pièce ou vous dégagez, c'est chez moi ici. »

Marilyne a le regard fiévreux.

« OK, on ne peut pas t'obliger à te confiner, on n'est pas flics. »

Marilyne agite sa boîte : « Dommage, eux au moins ils donnent la pièce. »

Retour au camion.

Nous roulons, vitres baissées. L'air est doux.

« Un peu de musique Ben ?

– OK, tu conduis, moi je choisis le morceau. »

Nous échangeons nos places. Ben connecte son téléphone avec le Bluetooth du camion. J'adore conduire le camion. Il cherche un morceau sur l'écran de son téléphone. Nous repassons devant la boutique de fringues où Serge nous fait de grands signes avec les bras. Je m'arrête.

« Finalement, je veux bien que tu répares mes lunettes, mais pas Ben.

– Pas de problème, passe-les-moi. »

Serge sourit, il me file ses lunettes. Ben me donne du Micropore, je rafistole la branche et je repose délicatement les culs-de-bouteille de Serge sur son nez. « Tu peux t'admirer dans le rétro, t'es tout beau. » Serge se recoiffe en sifflant devant son reflet : « Merci les gars. »

Nous redémarrons. Je monte le volume de l'autoradio. Ben a choisi *Ain't no sunshine* de Bill Withers. Il appuie sa tête contre la vitre. Je roule, sans un regard pour Ben, que je sais pudique. Les rues cette fois sont vraiment vides, la fleuriste a rangé ses tréteaux. Nous roulons au pas, en troisième, tranquillement, nous passons le pont, traversons un faubourg depuis lequel j'aperçois l'une des tours de l'hôpital. Dans une heure, j'en franchirai les portes. Vingt ans que je n'ai pas mis les pieds dans une unité de soins. En attendant, j'écoute Bill, je songe au bouquet de roses blanches que j'offrirai ce soir à Julie.

3

Je gare le camion au pied de la tour. Je descends. Ben passe côté conducteur et me souhaite bonne chance. Je le regarde s'éloigner. Je me dirige vers un vigile posté à l'entrée de l'hôpital : « Bonjour monsieur, comment accède-t-on à l'Unité Covid 6 ?

– Votre badge s'il vous plaît. »

Je le lui montre. Il jette un coups d'œil sur la photo.

« Votre masque ? »

J'en sors un de mon sac, un masque de chez Leroy Merlin, je l'enfile.

« Vous pouvez y aller, tout est indiqué à l'intérieur. »

Les portes vitrées s'ouvrent. Le hall est lugubre, les couloirs labyrinthiques, je ne comprends rien aux panneaux. J'arrête un brancardier : « Vous savez où se trouve l'ascenseur qui mène à l'Unité Covid 6 ? » L'homme hausse les épaules.

Un manutentionnaire vient à ma rescousse: « Suivez *Tour A*, c'est indiqué.

– Merci. »

Je regarde ma montre: deux minutes de retard. J'appelle l'ascenseur. Le sandwich de Martine a du mal à passer. Les portes s'ouvrent. J'appuie sur 5. Impossible de ne pas regarder mon visage dans le miroir de la cabine et les rides autour de mon masque. Les portes se referment. Une affiche collée dans la cabine précise: *Si vous n'allez pas bien, n'attendez pas: le service de psychiatrie de l'hôpital et ses professionnels sont à votre écoute. Faire du sport, courir, marcher, méditer peuvent vous aider. Surtout, ne recourez pas à l'alcool.* Je lis et relis ces conseils.

L'ascenseur s'arrête. La porte s'ouvre. Devant moi, un mort enroulé dans un drap sur un brancard. Un soignant barbu en FFP2 surgit, déverrouille les freins de la civière et emmène le corps. 15 heures. Je prends à gauche, direction *Unité Covid 6*, j'arpente un long couloir avant de franchir les portes de l'unité. Le bruit des scopes m'agresse. Je laisse le bureau des médecins, celui du cadre, de l'assistante sociale, je cherche le bureau des infirmiers, c'est là qu'on m'a donné rendez-vous – « Il suffira de te rendre au milieu du service, m'a dit Louis, impossible de le louper, appelle-moi quand tu auras terminé ton observation, on discutera protocole et manière de mettre en place un adieu au visage. » Une bulle vitrée devant moi. À l'intérieur, une soignante en FFP2 au téléphone. J'abaisse la poignée – bloquée. Je tape à la vitre. La soignante se lève, téléphone à l'oreille, elle déverrouille la porte et me fait signe de m'asseoir en faisant un V avec ses doigts – qui signifie deux secondes, ou deux minutes. J'attends. J'observe cette femme parler au téléphone avec de grands gestes : « Je vous le répète, il ne me reste qu'une chambre, la 520, oui, c'est ça, la chambre n'est pas encore désinfectée, non je ne peux pas faire plus vite. »

Elle se lève, prend une éponge, se dirige vers un tableau Veleda avec le numéro des chambres inscrit en haut, des Post-it collés dessus et des inscriptions auxquelles je ne comprends rien – *Covid neg, Suspi, Covid plus*, le statut viral des patients j'imagine. La soignante efface tout ce qui se trouve dans la colonne 520. Elle dit : « La 514 aussi sera bientôt libre, mais le corps est encore dedans, ça veut dire deux places d'ici une à deux heures, je ne peux pas faire mieux, voyez avec les autres unités. » La soignante raccroche et respire un grand coup : « Les urgences nous foutent la pression, tout le temps, désolée, moi c'est Norah, Mireille aurait dû vous accueillir mais la 514 vient de décéder, c'est moi qui vais vous donner les premières consignes avant d'aller la rejoindre. »

Norah ouvre un tiroir et sort des clés : « On est trois de l'après-midi, on vient d'avoir deux décès en une heure sans parler de la 516 qui pourrait suivre, c'est le secteur de Thierry, il vient juste de quitter le service pour conduire la 520 à la morgue, on n'arrête pas de faire des allers-retours. »

J'ai bien envie de demander si Thierry est barbu, mais je me tais. Norah m'invite à quitter le bureau infirmier. Dans le couloir où elle m'emmène, nous croisons une femme traînant un chariot avec un balai coincé dans un seau. Norah la salue. « C'est le service d'hygiène, elle part décontaminer la 520, normalement faut une heure, on est plutôt sur du trente minutes maintenant. » Norah s'arrête devant un local marqué *Privé*. Elle déverrouille la porte avec son badge. Une montagne de sacs-poubelle noirs contre un mur : « Ici on stocke les effets personnels des morts, leurs vêtements, des bijoux, des téléphones en attendant leur décontamination et la restitution aux familles, sauf qu'on n'a pas le temps de s'en occuper, ça pousse aux urgences comme tu as pu l'entendre – pardon, je vous ai tutoyé, je suis désolée.

– On peut se tutoyer, c'est plus simple. »

Norah verrouille la porte du local. Je marche à côté d'elle, les chambres défilent jusqu'à un vestiaire que l'infirmière déverrouille. « Tout ce dont tu as besoin est posé ici. » Norah me montre une chaise. « Tu enlèves tes vêtements, tu les mets dans ce casier, tu passes la combinaison en papier bleu, tu mets tes chaussures, des surchaussures, tu enfiles une surblouse, une charlotte, des gants que tu montes jusqu'aux poignets – il faut que ce soit étanche, c'est hyper important, je te conseille de faire un trou dans le papier au niveau de la manche, à cette hauteur-là, tu y glisses le pouce et comme ça t'es sûr de jamais avoir la peau du poignet à nu. En dernier tu prends un FFP2 dans cette boîte et tu l'enfiles, t'en as déjà porté ?

— Jamais.

— C'est pas compliqué, tu l'appliques de sorte que ça englobe tout le nez et la bouche, ça doit être hermétique, si tu as du mal à respirer dedans au début, c'est normal, ça veut dire qu'il est étanche. Le FFP2, c'est ton gilet pare-balles. Nous en avons un par demi-journée – un, pas plus. Une fois que tu l'as mis, tu n'y touches plus, sous aucun prétexte, tu vas manipuler du covid, tu vas en avoir partout sur toi, sur ta blouse, sur tes gants, si tu dois te gratter le visage tu résistes parce que si ton masque est touché, tu te contamines et c'est foutu, OK ? »

Je hoche la tête. Norah me montre une bassine dans laquelle flottent des lunettes : « Quand tu as fini de t'habiller, tu prends une paire de lunettes qui trempe là-dedans, tu la rinces bien et tu l'essuies avant de la chausser pour enlever le détergent dessus, sinon les vapeurs vont te brûler les yeux.

– Pourquoi des lunettes ?

– Parce que les patients toussent, c'est pas de leur faute, mais ils vont te cracher dessus, des gouttelettes de virus, tu vas en avoir partout, l'œil est une porte d'entrée des projections, le pouvoir couvrant des lunettes n'est pas génial mais on devrait bientôt avoir des visières. »

Norah se dirige vers la porte : « Ah oui un truc important : il y a du gel à l'entrée des chambres, mets-en dès que tu peux quand tu n'as plus de gants, perso je m'en mets dans le cou, c'est la seule zone à rester découverte, je m'en mets même sur le visage, maintenant je te laisse t'habiller et rejoindre Mireille à la 514, elle t'expliquera comment on fait avec les corps, je suis désolée, t'arrives au pire moment, bon courage. »

Norah s'en va. J'enlève mes vêtements. J'enfile la combinaison en papier bleu, mes chaussures, les surchaussures, la surblouse, la charlotte, le FFP2. Je quitte le vestiaire. Je rejoins la chambre 514. Je pousse la porte. Derrière, une collègue, gants montés sur les avant-bras, lunettes en Plexiglas, visage masqué, brancard à ses côtés. « C'est ta première toilette ?

– Oui.

– Moi c'est Mireille, je suis infirmière, c'est bien que tu sois là, on a besoin de bras. »

Je ne sais pas si c'est bien, je sais juste que j'ai du mal à respirer dans mon FFP2, que j'ai la bouche sèche et que je suis venu voir ce qui se passe histoire d'aider Louis mais ça je le garde pour moi. Mireille me montre le lit. « On va repositionner le corps si tu veux bien. » Je passe de l'autre côté du lit. Devant moi, le corps sans vie d'une femme main tendue vers la fenêtre, le regard qui hurle. Mireille tire les épaules de la dame jusqu'à ce que le dos repose sur le matelas. Je ramène les bras le long du corps. Mireille lui ferme les yeux. « Passe-moi la poubelle jaune s'il te plaît. » Je la tends. Les cathéters sont retirés, les poches de perfusion jetées, les dernières gouttes de sang épongées. La porte de la chambre s'ouvre. Un soignant barbu passe la tête, celui qui poussait le mort à ma sortie de l'ascenseur tout à l'heure, enfin, je suppose. Il dit : « La 516 se dégrade, passez-moi le scope, vite. » Mireille se rue sur le chariot. Elle saisit une lingette d'Anios pour le sol, frotte le scope, l'écran, le mât et pousse du pied la machine jusqu'à Thierry qui s'en empare. La porte se referme. Mireille se replace à côté du lit et descend le haut du drap jusqu'au nombril : « C'est la course au scope ici, on en manque, alors quand quelqu'un décède, le premier truc à faire c'est de débrancher le corps et le scope pour monitorer le prochain mourant.» Je tends l'oreille vers le mur. La 516 est de l'autre côté. Thierry vient déjà de brancher l'appareil. Je montre le mur à Mireille: on entend d'ici les bips comme si on y était. «Normal, on pousse le son des machines à fond pour savoir quand il va falloir aider le malade à mourir, tu le sais quand le rythme commence à s'accélérer et que le masque à haute concentration se met à siffler, quand tu en es là ça veut dire qu'il n'y en a plus pour longtemps.» Mireille remonte le bas du drap jusqu'à mi-cuisse, ça forme une bande perpendiculaire qui couvre le bassin de la dame: «Enlève-lui ses bijoux s'il te plaît, je vais chercher un sachet.» J'ôte la montre du poignet de la dame, son bracelet. L'alliance résiste. Mireille agite le sachet: «Tant pis pour l'alliance, mets les bijoux là-dedans.» Je les glisse dans la pochette que Mireille range dans un sac-poubelle noir posé dans l'armoire de la chambre. «Passe-moi une couche.» J'en donne une à Mireille, qui la place entre les cuisses de la morte. «Soulève son bassin.» Je glisse mes mains sous les hanches encore chaudes. Je tire vers le haut. Mireille agrafe la protection sur le devant. «Tu peux relâcher.» Mireille dégrafe la blouse de la défunte. «Prends deux nouvelles lingettes d'Anios sur le chariot, une pour moi, une pour toi.» Je m'exécute. Mireille passe la lingette sur le visage de la dame, la peau grise de son cou, ses épaules, sa poitrine, elle frotte l'abdomen jusqu'à la cicatrice de sa césarienne : « On nettoie le corps en surface, à toi. » Je regarde le paquet sur le chariot, surpris : « On utilise les mêmes lingettes que celles qui servent à désinfecter le scope et les sols ? – C'est le protocole, dépêche-toi s'il te plaît. » Je frotte les cuisses, les genoux, les jambes. Mireille regarde le mur. La cadence des bips dans la chambre voisine s'affole. Je jette ma lingette. Mireille me montre un drap sur le chariot : « On va emmailloter le corps là-dedans, c'est un drap propre, je te montre. » L'infirmière fait rouler le brancard jusqu'au lit. « Passe-moi le drap s'il te plaît. » Mireille le déplie sur la longueur du brancard. « Aide-moi à hisser le corps dessus, tu le prends par les épaules, je le prends par les pieds. » Mireille bloque les freins. Nous comptons jusqu'à trois et transférons la dame dessus. Mireille recouvre le corps de la tête aux pieds avec la moitié du drap de son côté en le rabattant vers moi. Je fais pareil du mien. « Bascule-la légèrement vers toi s'il te plaît. » Je tire la dame au niveau de l'épaule et de la hanche, Mireille glisse le drap dessous. Le corps est embaumé sur le brancard. Mireille sort une dernière lingette et frotte les poignées. Elle ouvre grand la fenêtre et la porte de la chambre. « Maintenant, on enlève tout ce qu'on a sur nous, fais comme moi. » Mireille enlève sa surblouse, sa blouse, ses lunettes et jette ses gants. Je fais de même. Nous voici debout vêtus de nos seules combinaisons en papier à côté du corps embaumé. De l'air frais s'engouffre par la fenêtre. Je grelotte. Mireille me montre la pompe à gel sur le chariot: « Tu places ta main dessous, tu mets une pression du coude dessus et tu frictionnes comme ça. » Je hoche la tête. Je me lave les mains. Coude pliés, paumes tournées vers son visage, Mireille regarde le brancard: « Maintenant on ne touche plus à rien, sauf le brancard, il a été désinfecté, je l'ai poussé du pied tout à l'heure, il est théoriquement propre, on va le sortir dans le couloir. » Mireille débloque les freins du bout du pied. « On va emmener la dame au – 1, tu la pousses, moi je te suis avec le chariot et le sac contaminé. » Mireille enfile un gant, sort le sac de l'armoire. Je pousse du pied la porte de la chambre légèrement rabattue à cause du courant d'air. Je fais attention à ne rien toucher en partant. Mireille me suit et me demande de nous arrêter devant le local marqué *Privé*. Je bloque les freins. À l'intérieur, toujours les mêmes sacs empilés. Mireille pose celui de la dame au-dessus des autres, étiquette bien visible. Je referme la porte du pied. Mireille jette son gant, se relave les mains, nous repartons, je pousse le brancard et je songe aux sacs, au nombre d'unités covid dans cet hôpital, au nombre d'hôpitaux sur le territoire, au nombre de soignants qui après avoir accompagné et soigné tous ces corps vont devoir leur infliger ce que nous venons d'infliger à celui de cette femme. Nous avançons au milieu des scopes qui hurlent. Leur bruit me rend fou. Nous repassons devant le bureau infirmier. Norah est au téléphone. Je lui adresse un signe de tête. Elle ne répond pas. Nous arrivons devant l'ascenseur. J'appuie sur la flèche du bas. Les portes s'ouvrent. Je pousse le corps dans la cabine, j'aide Mireille à tirer son chariot. Elle entre à son tour et presse le bouton – 1. Dos contre la paroi du fond, coincé entre brancard et chariot, je regarde le néon clignoter dans le plafonnier. Les portes se referment. L'ascenseur plonge. Mireille regarde le corps : « Une demi-heure avant que t'arrives, je téléphone à son mari pour lui dire que sa femme est en train de partir, le mari répète : "mais je ne comprends pas je ne comprends pas les nouvelles étaient bonnes ce matin". Je lui explique que l'état de sa femme s'est dégradé d'un coup. Il se tait. J'entends des voix d'enfants derrière. » Mireille me montre la dame : « La voix de ses enfants. D'abord une voix de petite fille qui demande : "C'est l'hôpital pour maman ?" et le père qui répond : "Oui Adèle" ; puis la voix d'un garçon qui dit "y a un problème papa ?" et le père qui lui répond : "Je suis au téléphone avec l'infirmière il faut me laisser lui parler." Le mari me dit: "On arrive, on se met en route." Je lui dis: "Non monsieur, c'est impossible." Je l'entends dire: "Les enfants, mettez votre manteau." Je lui dis: "Ne prenez pas le volant, monsieur, c'est inutile." Il continue: "Dépêchez-vous de mettre vos chaussures." Je hausse le ton, je lui dis: "Votre épouse ne sera plus là quand vous arriverez. On ne vous laissera pas entrer, l'hôpital est une forteresse, je suis désolée." » Mireille me regarde: « J'ai entendu l'homme pleurer, le fils crier, sa sœur demander: "Alors on y va, on va voir maman?" »

L'ascenseur s'arrête au – 1.

Les portes s'ouvrent sur le sous-sol. Mireille me désigne le brancard.

« Tu prends le chariot, c'est à moi de la sortir. »

4

Sale. Je me sens sale en quittant le sous-sol de l'hôpital dans mes fringues contaminées. Parce qu'elles le sont, il est impossible qu'elles ne le soient pas. Même à l'abri dans un casier de l'Unité Covid 6, mes fringues auront dû en sortir, s'exposer au risque d'être infectées. Un morceau de virus sera venu se déposer sur moi dans la 514 – il sera venu sur ma blouse, ma surblouse, ma charlotte, il aura profité d'un moment d'égarement, d'une seconde d'écart par rapport au protocole ou du courant d'air créé par l'ouverture de la fenêtre pour venir se déposer sur moi et mes vêtements. Cette saloperie aura traîné sur le sol du couloir en attendant mon passage. J'aurai marché dessus ignorant que l'ennemi s'est foutu sous mes semelles en quittant l'unité. J'essaie de ne pas y penser, de marcher tranquillement vers le parking. Il fait doux, des oiseaux traversent le ciel orangé, les lilas répandent leur parfum, j'aimerais profiter du printemps en avance mais la mort me colle aux basques.

Ma voiture est garée à côté de notre camion. Ben a pensé à poser mon bouquet de roses blanches sur le toit de ma voiture. Je la déverrouille. Je place le bouquet sur la banquette arrière. Je me retiens d'y jeter mon sac à dos – du virus pourrait s'y trouver. J'ouvre le coffre. Je prends un sac de courses Auchan. À compter de maintenant, ce sac contiendra toutes les affaires que j'imagine contaminées. Je sors un deuxième sac que je place sur le siège conducteur – pas envie de contaminer mon siège. Je mets le contact. France Info. On y parle *incidence* et *R zéro*. Je quitte l'hosto. Direction la maison. Je change de station : France Bleu, ça rigole en studio.

« Que ne ferait-on pas dès le premier jour pour échapper au confinement » est la question qui vous est posée ce soir, Amélie. Merci Fabrice, cet après-midi, en effet – écoutez bien – un habitant de la Loire trouvant injuste que, n'ayant pas de chien à promener, on le privât d'un motif pour sortir de chez lui, l'homme se mit en tête d'aller balader en ville ses moutons afin d'avoir une raison de cocher la case Sortie liée aux besoins des animaux de compagnie sur l'attestation dérogatoire de déplacement. Appréhendé par la police, le quinquagénaire à la tête de son mini-troupeau se

serait fait verbaliser après avoir objecté aux forces de l'ordre qu'il était dans son bon droit et respectait les mesures de confinement – attestation en bonne et due forme à l'appui.

Je coupe le son. Et si j'appelais Louis ? Mon index au-dessus de l'écran, j'hésite. Pas sûr d'avoir les mots. Je roule au pas, obsédé par Mireille, ce qu'elle m'a confié dans l'ascenseur. Je roule avec le bruit des scopes, avec l'image de Thierry dans le pare-brise, celle de Norah, du tableau qu'on efface, des sacs empilés, des lunettes qui flottent dans le bac, des lingettes.

Arrivé devant chez moi, je coupe le moteur. Je regarde ma façade. Impossible de rentrer en l'état. Il me faut un sas, l'équivalent du vestiaire de l'Unité Covid 6. Je déverrouille l'iPhone. J'appelle Julie.

« Allô ?

– Je suis garé devant chez nous ma chérie.

– Ça va ?

– Oui, j'ai un service à te demander.

– Je t'écoute.

– Il faut que tu m'assures qu'au moment où je vais franchir la porte, les enfants ne me verront pas, et toi non plus.

– Il y a un problème ?

– Aucun, je veux juste éviter de nous contaminer, ils font quoi les enfants ?

— Antoine est dans le séjour, il lit son manga, Jeanne est à la cuisine avec moi.

— Colle-les devant la télé.

— Mais pourquoi !?

— Parce que j'ai besoin d'accéder à la cave et que pour y accéder je dois passer devant le séjour et traverser la cuisine.

— Qu'est-ce que tu vas faire à la cave ?

— Je t'expliquerai ça tout à l'heure, est-ce que tu peux faire ce que je te demande ?

— OK.

— Envoie-moi un message quand je peux entrer, ne te mets surtout pas sur mon chemin, tu ne dois pas me toucher, reste avec les enfants jusqu'à ce que tu m'entendes remonter de la cave et grimper dans les escaliers.

— OK.

— J'attends ton message. »

Julie raccroche.

Je tapote le volant. J'attends devant ma maison. Personne dans la rue. Le soleil s'est couché. Julie doit penser que je déraille – peut-être que je déraille d'ailleurs, que j'en fais trop, que le virus est partout et que vouloir à tout prix ne pas le faire entrer chez moi est une illusion, mais j'ai vu ce que j'ai vu, la dame avait l'âge de Julie, ses enfants possiblement l'âge des miens, j'aurais pu être l'homme au bout du fil empêché de dire adieu à la mère de ses enfants, je ne veux pas que cela nous arrive. D'ailleurs, qu'est-ce que je vais raconter à Julie de ce que j'ai vu ? Et à Louis ? Notification de Julie sur mon iPhone : *C bon*. Je prends le bouquet de roses sur la banquette arrière, je laisse le sac à dos. J'introduis la clé dans la serrure de la porte, je la tourne doucement, j'entre et referme sans bruit. Je passe devant la pièce télé. Derrière la porte, la bande-son d'un cartoon. Je traverse la cuisine, j'ouvre la porte qui donne sur la cave et je descends les escaliers quatre à quatre. Je pose mon iPhone et le bouquet sur la machine à laver. Le carton de la télé : où est-ce que je l'ai mis ? Je fouille. Dans mon souvenir, je l'ai stocké l'année dernière sur une étagère au cas où elle tomberait en panne. J'écarte les décorations de Noël et je le trouve derrière, le carton est volumineux. Je l'ouvre, je me déshabille, j'enlève blouson, tee-shirt, pantalon, chaussettes, caleçon. Je flanque toutes mes fringues dedans. Me voici nu à grelotter et à refermer le carton que je replace en haut de l'étagère. Quand il débordera, je laverai tout à 60.

Et maintenant ? À poil dans mon sous-sol, je récupère mon bouquet et mon iPhone, je les place devant mon sexe, je remonte les escaliers, je m'assure que personne ne se trouve dans la cuisine. Arrivé dans le couloir, au pied de l'escalier, j'entends le son rassurant de la télé allumée.

Je monte les étages sans faire de bruit. Je m'enferme dans la salle de bains. J'envoie un SMS à Julie : *C bon, je suis dans la douche du 2e, le temps de me laver et je vous rejoins.* Je fais couler de l'eau chaude. Le pommeau crache de l'eau froide. J'attends. Je rédige un SMS à Louis. *Bonsoir Louis, je reviens de l'Unité Covid 6, faut que je digère ce que j'ai vu, je t'appelle demain mais une chose est sûre : 1, l'équipe qui soigne ne peut pas être l'équipe qui accompagne les morts ; 2, un adieu au visage est indispensable.*

J'envoie le message. Je pose le téléphone près du lavabo à côté du bouquet. L'eau est chaude. Je glisse mon corps dessous. Je shampouine mon cuir chevelu, je frotte mon visage, mon cou, mes oreilles, mon torse, mes cuisses, ma verge. Je finis par mes pieds sales d'avoir traîné sur le sol de la cave, je rince mon corps à grande eau, je coupe l'eau et je me sèche. Un caleçon propre. J'en sors un du dressing. J'hésite. Peur de l'enfiler en n'ayant pas tout lavé. Je retourne dans la douche. Je relève le mitigeur. Eau chaude, savon, je me relave, cou, visage, arrière des oreilles, j'insiste sur les oreilles, je repense au corps sous le drap, à Mireille qui ouvre la fenêtre, à elle et moi debout dans la chambre dans nos combinaisons bleues en train de lever les mains vers le ciel pour ne pas nous contaminer, je revois mes mains sur les poignées du brancard : et si je m'étais gratté sans nouvelle dose de savon dans mes paumes. Je relave mon visage, mes oreilles, l'entrée de mes narines, je les frotte, je rince tout ça à nouveau à grande eau. Je sors de la douche. La première serviette utilisée est mouillée. J'en sors une deuxième. Je me sèche avec la nouvelle en me demandant si la première doit être considérée comme du matériel contaminé. Je la flanque dans le panier de linge sale. J'enfile mon caleçon, un jean, un tee-shirt et je redescends les étages, iPhone dans la poche et bouquet à la main.

J'ouvre la salle télé. Antoine met sur pause. Les dix-huit kilos de Jeanne me sautent au cou: « C'est pour qui les fleurs ? » Je pose l'index sur ma bouche. Antoine me sourit en me montrant *One Piece*: « J'en suis au tome douze papa, tu pourras m'acheter la suite ?

– D'abord bonsoir Antoine.

– Bonsoir, papa. »

Dans la pièce derrière nous, de l'autre côté du couloir, sur la table du salon, Julie dépose des tomates cerises, des pistaches, des chips et quatre smoothies. Je la rejoins et lui offre le bouquet.

« Elles sont magnifiques, merci, et sinon, nous t'avons préparé des petites choses pour ton anniversaire, je reviens dans deux minutes. »

Jeanne me tire la manche: «Alors papa, c'est vrai que dehors y a plus personne et qu'on n'a plus le droit de sortir?

— C'est vrai, mais il y a des exceptions, moi par exemple, j'étais dehors ce midi quand le confinement a commencé.

— Pourquoi tu peux sortir et pas nous?

— Parce que je travaille dans la rue, je soigne des gens qui ne peuvent pas se confiner puisqu'ils n'ont pas de chez-eux.»

Antoine referme son manga: «Et tu as fait quoi à l'hôpital cet après-midi? T'as dit à maman que tu allais faire un truc que t'avais encore jamais fait, c'était quoi?»

Julie me sauve: «Gressins, houmous et caviar d'aubergine cuisinés avec ta fille!»

Ma femme m'embrasse et me glisse à l'oreille: «Il va de soi que tu ne racontes rien aux enfants.»

Julie s'assied dans le fauteuil face à moi. Antoine me regarde: «Vas-y, papa, raconte.

— Laisse ton père, il en a eu assez de sa journée, on trinque à son anniversaire.

— Je trinque pas tant que papa raconte pas.»

Je prends un gressin. Je le trempe dans le houmous. Je mâche en silence. Je regarde mes enfants. Je plonge le reste de mon gressin dans le houmous, j'en prends une grande quantité, j'ouvre la bouche, je le broie. Je m'étrangle. Julie me tape dans le dos. Je tousse. Ça passe.

« Merci, Julie. »

Je relève la tête. Je regarde mon fils :

« Il n'y a rien à raconter, Antoine. »

5

Quatre jours que je me barricade au cabinet. Que je suis à la lettre le discours des autorités. *À distance,* martèlent-elles, *privilégiez le soin à distance, tout ce qui peut être dématérialisé doit être dématérialisé, téléconsultez.* C'est le mot d'ordre. Je m'exécute. Je téléconsulte. Je m'adapte. Depuis que le confinement a débuté, je ne fais que ça, m'adapter : les consignes bougent, s'affinent, fluctuent en fonction des retours du terrain. J'épluche mes mails. C'est compulsif. Toutes les heures je regarde ma messagerie. La direction générale de la Santé et l'Assurance maladie nous bombardent de chiffres, de protocoles, de nouvelles cotations pour faciliter l'accès au soin : la caisse paiera, tout, jusqu'aux tests et aux masques dès qu'elle en aura. *Téléconsultez.*

Quatre jours que les patients trouvent porte close. Qu'ils tombent sur mon cabinet fermé avec de la lumière à l'étage pour indiquer ma présence.

« Docteur, je suis en bas, je vous ai vu passer à la fenêtre, vous me voyez ? » Je regarde au carreau. Je fais signe. Nous discutons téléphone à la main en nous regardant. « C'est étrange de nous parler dans ces conditions, moi sur le trottoir, vous là-haut, vous ne trouvez pas ? »

Au deuxième jour, j'invente l'auto-consultation. La consigne est la suivante : restez dans votre voiture et appelez-moi quand vous serez arrivé. J'attends que mon portable sonne. Je décroche.

« Bonjour docteur, je suis là, je me suis garé devant votre véhicule.

– Ne bougez pas, je descends. »

Je ferme le cabinet. Je grimpe dans ma voiture. Nez à nez chacun dans notre auto, le patient et moi nous parlons par téléphone et pare-brise interposés. « C'est étrange, docteur, vous ne trouvez pas ? » « Étrange » est le mot en vogue pour qualifier notre vie dégradée, de la consultation comme les courses, en drive, psychiatre et patient au même niveau, en face à face, chacun dans sa bagnole à n'importe quelle heure de la journée, sauf à 14 heures. À cette heure-là, durant une trentaine de minutes, les rayons du soleil obliquent sur les pare-brise, impossible de nous voir.

Quand aucune de ces solutions n'est possible, la téléconsultation s'effectue par écrans interposés, chacun chez soi, comme ce midi avec le message de Lisa :

« Bonjour Dr, il s'est passé qqch de terrible ce matin, qqch qui m'empêche de sortir, pouvons-nous nous appeler ? »

Soigner par FaceTime ne va pas de soi. Ça commence par choisir entre bureau et fauteuil. Je choisis le fauteuil.

J'appelle Lisa.

Elle décroche.

La peur sur son visage s'affiche en haute résolution sur l'écran de mon iPhone. De la résolution, je n'en manque pas. Mais elle ne me servira à rien tant que je ne trouverai pas un moyen efficace de soigner depuis ce médaillon en haut à droite de l'écran où me voici confiné depuis mardi dernier. Lisa a les traits qui tremblent. C'est discret, mais les muscles de ses joues et de son menton frémissent.

« Bonjour Lisa, que se passe-t-il ? »

Lisa avorte ses phrases : « Hier, le propriétaire du champ voisin.

– Oui, Lisa, "hier le propriétaire du champ voisin".

– Hier, le propriétaire du champ voisin m'a dit "reste chez toi". »

Lisa pâlit.

« Pourquoi vous a-t-il dit "reste chez toi" ?

– Je ne sais pas. Je me baladais avec mes chiennes, Dixie et Daisy, je vous en ai souvent parlé, on était sur le chemin qui traverse le champ du voisin, un agriculteur. Elles se sont mises à aboyer comme des folles. Tout est allé très vite. L'homme sur son tracteur a foncé vers moi. Je me suis jetée sur le côté, je l'ai regardé faire marche arrière et s'arrêter à ma hauteur. J'ai eu du mal à me relever. Le type sur son engin fixait des yeux ma maison. J'ai commencé par lui dire "vous m'auriez écrasée si je ne m'étais pas jetée sur le côté ?" Le mec m'a pas répondu. Il a laissé son moteur tourner. J'ai commencé à me fâcher : "Vous pouvez couper votre moteur, s'il vous plaît ?" Dixie est venue aboyer sur les roues du tracteur. Le mec a fait rugir le moteur. Là, je me suis énervée, je lui ai dit : "Mais vous avez une langue pour parler oui ou merde ?!" Le gars a enclenché la marche arrière, il a dit : "Reste chez toi", comme ça, froidement, sans que ses yeux croisent les miens, je suis restée comme une conne au milieu du chemin à regarder son tracteur s'éloigner. Dixie s'est mise à tourner autour de moi. Je l'ai suivie à la recherche de mon autre chienne. Un peu plus loin, j'ai aperçu Daisy, son corps écrabouillé. Je suis rentrée chez moi. Depuis, je suis incapable de sortir. »

À l'écran, Lisa ne bouge pas. Elle se tait. J'observe mon visage en haut du téléphone : mes écouteurs forment un V blanc sous mon menton. Je visse l'écouteur dans mon oreille. Je remue. Mes mouvements sont de la musique visuelle. Je me lève du fauteuil. Je marche. J'emmène le décor avec moi. Rester immobile m'insupporte. Je me promène dans mon cabinet : aussi vrai que jamais je ne me lève et ne déambule devant un patient, que jusqu'ici nos mots s'échangeaient depuis nos corps assis, maintenant que nous voici numérisés, tout est à repenser, les coordonnées ont bougé, le monde a basculé, la façon d'aller mal et de soigner a muté, le soin s'accomplit désormais par écrans interposés. C'est par eux que nous aimons, parlons, aidons, soignons, consommons, que tout ce que nous sommes est reconditionné.

IPhone en main, je me poste à la fenêtre : la place devant mon cabinet est déserte, brûlée de soleil. D'ordinaire, il y aurait des flics à cette heure-ci pour mettre cette place au pas et des collégiens pour l'ambiancer. Le crétin du vendredi ferait hurler son autoradio sous ma fenêtre. Il n'y a plus de crétin. Plus de vendredi. Juste des chats. Nos corps évaporés prennent l'apéro dans des téléphones. À 20 heures, ce sera casseroles aux fenêtres.

Je reviens à Lisa. Dans le rectangle en haut de l'écran, je me vois à contre-jour. Je recule d'un pas.

« Vous étiez à votre fenêtre, docteur ? »

Lisa me sourit. Mon image est redevenue nette dans le médaillon.

« Oui, et vous Lisa, vous êtes devant votre baie vitrée, j'aperçois votre jardin derrière, il y a une clôture au fond, c'est celle qui donne sur le chemin dont vous venez de me parler, n'est-ce pas ?

– Oui, qui donne sur le chemin. »

Lisa regarde derrière elle, apeurée. Il aura suffi que je prononce un mot, « chemin », pour que s'évente le sourire de Lisa. La rapidité avec laquelle je viens de la renvoyer à son angoisse m'effraie. Je n'anticipe plus l'effet de mes mots. Je ne les sens plus.

« Je vais prendre un verre d'eau, docteur, je reviens. »

Lisa pose son téléphone à la verticale. Me voici seul, avec vue sur la baie vitrée, le jardin, le chemin au fond où gît le corps de sa chienne. Celui de Lisa m'échappe, je ne peux pas le sentir.

Je m'adosse au mur de mon cabinet. Il est froid et dur. Il m'aide à sentir les contours de mon propre corps, à me décoller de cette représentation de moi en haut de l'écran que je n'arrive pas à ne pas regarder. La situation sanitaire m'inflige la téléconsultation. La téléconsultation m'inflige mon image. On m'inflige de me regarder en même temps que je regarde l'autre et lui parle. Il faudrait couper nos caméras, convenir avec Lisa et les autres de ne plus nous filmer, redécouvrir que nous pouvons nous téléphoner, la voix, rien que la voix, du son sans image, un retour au langage, aux mots ; pour ça il me faut décoller Lisa de ce « reste chez toi », une injonction qui l'assigne à résidence, l'épingle. « Reste chez toi. » Je ne peux pas faire que Lisa n'ait pas entendu ces mots-là. Je peux en revanche essayer de les faire sonner autrement.

Lisa revient à l'écran : « Désolée de vous avoir fait patienter, docteur.

– Et Daisy ? »

Lisa se retourne vers le portail.

« Daisy ?! »

Dixie aboie. La chienne a entendu le prénom de sa sœur.

Lisa me montre Dixie, blanche, des taches marron : « C'est un braque de Gascogne, elle est issue de la même portée que Daisy. »

Dixie aboie.

« Vous avez entendu, Lisa ?

– Quoi donc ?

– Ce que dit votre chienne ?

– Ma chienne ?

– Oui, elle vous parle de Daisy, elle vous dit : prends ses *restes chez toi.* »

Dixie aboie. Lisa pose le portable et s'accroupit. Elle parle à sa chienne.

« Je vais aller récupérer Daisy, je peux vous rappeler demain ?

– Faites ce qu'il y a à faire.

– Merci docteur, je raccroche, je vous rappelle demain.

– C'est ça, à demain. »

6

Elle est belle la mésange sur le bord de ma fenêtre au cabinet. Le téléphone qui sonne la fait s'envoler. *Lucie* sur l'écran. Je décroche.

« Bonjour Lucie.

– Bonjour. Écoute. Je. En fait, ça recommence.

– Comment ça "ça recommence" ?

– Alex n'est pas rentré de sa garde aux urgences, il m'a appelée il y a deux minutes, il respirait vite, il m'a dit "j'enchaîne une deuxième journée, y a trop de malades, il pleut des morts." Il a raccroché après avoir dit "il pleut des morts". J'ai essayé de le rappeler mais ça décroche pas, je suis inquiète, j'ai peur qu'il se remette à délirer, est-ce que tu peux aller voir sur place, je suis désolée de te demander ça.

– J'y vais, je te rappelle dès que j'ai des nouvelles. »

Je raccroche. Je ferme la fenêtre, prends mon sac à dos et descends les escaliers quatre à quatre.

Sur le trottoir, je déverrouille ma portière et je jette mon sac sur le siège passager. Marche arrière. Je fonce. Personne sur la route. J'appelle Alex. Ça sonne. Une camionnette klaxonne. Je l'évite de justesse. Le feu était rouge. Messagerie d'Alex. Je raccroche.

Je me gare sur le parking des urgences. Il fait chaud. Toujours cet incroyable soleil de juin en mars. La Fiat rouge d'Alex. Je pose mon sac à dos sur le capot de la voiture. Je fouille : mon ancien badge des urgences est toujours là, de quoi déverrouiller les portes, à moins qu'Éric ne l'ait désactivé après mon départ. Au fond du sac, deux masques donnés par Muriel. J'en enfile un, je glisse l'autre dans la poche arrière de mon jean. Je n'ai ni blouse ni surblouse. Faire un crochet par la morgue pour ponctionner notre stock est exclu : de protections, nous n'en avons qu'au compte-gouttes. Je laisse blouson, pull et sac à dos sur la banquette arrière. J'y vais en tee-shirt, badge clipsé sur la poitrine. Personne ne me fera remarquer quoi que ce soit parce que tout le monde s'en fout, c'est le chaos dans la fourmilière.

Je presse le pas. Le hall des ambulances. J'avais oublié combien il est immense. Trois véhicules déchargent des malades. Un jeune ambulancier, écharpe sur le nez, peine à tirer du coffre un vieillard. Une roue du brancard s'est bloquée à

90 degrés. Je m'approche : « Vous soulevez pour que je la remette dans l'axe et après ça vous tirez, OK ? »

Je replace la roue. L'ambulancier sort l'homme du hayon : « Merci.

— De rien.

— Vous n'auriez pas un masque pour moi par hasard ?

— Non, désolé. »

Au-dessus de son écharpe, les yeux fatigués du jeune ambulancier me regardent. Il pousse le vieil homme jusqu'à l'entrée du sas et court bouger son ambulance pour faire de la place. Peut-être aura-t-il vu mon masque dépasser de ma poche arrière. Je le rattrape. Je tape au carreau de son véhicule. L'homme baisse sa vitre. Je lui tends mon masque. Il enlève son écharpe : « Merci.

— Pas de quoi. »

Je retourne dans le hall. Des soignants se relaient pour accueillir les malades. Je présente mon badge. Les portes s'ouvrent. Le voyant de notre ancien vestiaire est rouge. Je badge. Vert. J'entre. Personne. Le casier d'Alex n'a pas changé, Bashung et Noir Désir en façade. Le code de son cadenas non plus. J'ouvre. J'enfile une de ses blouses. À l'intérieur de la porte, toujours la même photo de nous trois – Alex, Éric et moi – internes dans cet hôpital. Sur une étagère, un paquet de surblouses, des charlottes. Je me sers. Il n'y a plus de surchaussures. J'en prends deux dans la poubelle, c'est dégueulasse, contraire à toutes les règles d'hygiène. Mes mains sont contaminées. J'ouvre un flacon de gel, je les lave et je regarde Éric sur la photo. Comment Alex peut-il continuer à travailler avec cet abruti ?

Je ferme le casier. Je quitte le vestiaire. Il fait chaud dans le couloir. La ventilation a été mise en pression négative – pour éviter la propagation du virus sans doute. Ça déborde de malades. Au bout du couloir, mon ancien bureau. Au fond à gauche le PC central – Alex s'y trouve peut-être. Je contourne les brancards. Un vieillard sur une civière me barre la route, peut-être l'homme déposé par le jeune ambulancier tout à l'heure. Je retrouve mes réflexes, baisser les yeux, ne regarder un patient que si on s'en occupe, ne pas lui donner l'espoir que c'est son tour si ce n'est pas le sien. Regarder le visage arrête. Si on s'arrête c'est fichu, on parle pour dire qu'il faut attendre, donc pour ne rien dire ; et puisqu'on parle à un visage, on se met à parler au visage du voisin, son regard à lui aussi nous arrête, et ainsi, de visage en visage, on finit par parler à tous les visages, on n'avance plus, on ne fait plus son travail, les urgences s'embolisent, on refuse de laisser les visages à leur peur, on n'a pas le courage de les abandonner pour leur bien. Le regard du vieillard pèse des tonnes.

J'agrippe les poignées de son brancard. L'homme est léger, je le déplace et me faufile. Je progresse. Une main agrippe mon poignet. Une vieille dame. Elle pleure. Je la regarde. Sa bouche s'ouvre. Aucun son. Ses yeux sont secs, les muscles de son cou tendus comme des cordes. Elle respire sous quatre litres d'oxygène. Sur son poignet une étiquette : *Madeleine Simonet 29/04/1937*. Je pose ma main sur la sienne :

« On va s'occuper de vous, madame. »

Ses ongles s'enfoncent. Elle me fait mal.

« Je vais aller chercher quelqu'un. »

Elle serre plus fort. Je regarde autour de moi, personne. J'enlève les doigts de Madeleine, un à un. Ils résistent mais je suis plus fort.

« Je vous envoie quelqu'un, promis Madeleine. »

Je l'ai appelée par son prénom. Ça ne m'était encore jamais arrivé ici. J'ai du mal à respirer. Ne pas paniquer. Trouver Alex. Je m'enfonce dans le couloir en direction du PC central. Mes sens à l'affût, je cherche un médecin de ma taille et en surchauffe. Du bruit dans un box sur ma gauche. La porte s'ouvre. Une infirmière sort. Elle empoigne une mallette sur un chariot qu'elle tire à l'intérieur. Je passe la tête. L'urgentiste, un petit gros, introduit un laryngoscope dans la gorge d'un homme. Alex mesure 1,80 m. J'avance. Une infirmière masquée effectue un prélèvement sanguin à un homme assis sur une chaise, penché en avant. Il tire la langue.

«Je cherche le Dr Alexandre Garche, vous l'auriez vu?»

L'infirmière lève les yeux: «T'es de retour?

– Adeline?!

– Alexandre était de garde cette nuit, il ne va pas bien, les collègues sont en train de s'occuper de lui.

– Tu peux me dire où il est?

– Box 12.

– Merci.»

Je presse le pas. Ainsi donc Alex rechute. Une infirmière court. Je me plaque contre le mur. Un brancardier la suit, qui pousse un malade. J'avance. À chaque box ouvert, mon œil fait le point. Au 6, une femme sous oxygène regarde dans le vide. Box 8, une aide-soignante accroupie astique les barrières d'une table d'examen. Devant le 10, le chariot de Mireille avec ses housses, elle ou un de ses collègues se trouve à l'intérieur.

Je m'arrête box 12. La porte est fermée. On ferme quand il y a un mort. Ou un fou furieux attaché. Je toque. Pas de réponse. J'ouvre. Alex est torse nu, allongé sur une table d'examen.

«T'approche pas.»

Alex tourne la tête vers moi, il porte des lunettes à oxygène.

« Lucie m'a appelé pour me dire que tu enchaînais une seconde garde, elle a peur que tu rechutes.

– Je ne rechute pas, j'ai de la fièvre, ça m'a pris dans la nuit, je chauffe à 40, j'ai mal partout, je sens plus rien, j'attends les résultats du bilan, je suis déjà à trois litres d'oxygène, j'ai peur d'aller en réa. »

Alexandre replace les embouts dans ses narines. « On m'emmène faire un scan dans dix minutes, ne lui dis rien, le service l'appellera si je me mets en détresse respi, il sera toujours temps de lui annoncer les mauvaises nouvelles, OK ?

– OK Alex, je croise les doigts. »

Je sors de la chambre. Un soignant me percute. Nous nous jaugeons par-dessus nos masques. Il est le premier à me reconnaître.

« T'es venu prêter main-forte ?

– Non Éric, je renforce déjà les effectifs de la chambre mortuaire, par contre j'ai un service à te demander : il y a une vieille dame sur un brancard dans le sas, quelqu'un que je connais, elle ne va pas tenir.

– Montre-la moi. »

Je nous emmène. Nous slalomons entre les brancards. Je lui montre Madeleine.

« OK, surveille-là, je reviens. »

Éric fait demi-tour. Je m'approche de la vieille dame. Je pose ma main sur la sienne.

«Je suis revenu avec quelqu'un Madeleine, on va vous aider.»

Je caresse sa joue, je prends son pouls. Madeleine a froid. Le débitmètre indique six litres d'oxygène. Je remonte le drap, je frotte ses bras. Ses yeux me cherchent.

«Mon collègue arrive, Madeleine.»

J'observe autour de moi: tous ces visages couchés me terrifient.

Retour à Madeleine.

«Ça va aller, mon collègue arrive, il faut tenir bon.»

La tête de Madeleine part contre le mur. Sa main est molle, son pouls fragile. Je monte le débit d'oxygène.

7

Je ne sais pas ce qu'il a Paolo à contempler le ciel et à triturer la croix autour de son cou. Ou plutôt si, je devine à quoi il pense tandis que nous pique-niquons derrière une haie devant la morgue : Paolo pense à la Lombardie, à ses parents là-bas, seuls. Moi, assis en tailleur, je prends le soleil à côté de Ben allongé mains derrière la nuque. Léa pianote sur son portable. Je ferme les yeux. Restent cinq minutes de pause, cinq petites minutes à respirer sans nos masques découpés dans l'épaisse toile d'une chute de rideau ou dans un morceau de serviette. J'écoute les sons autour de nous, les chants d'oiseaux, le roulis d'un brancard suivi d'un claquement de coffre de corbillard. Je rouvre les yeux. Léa surfe. Je me penche par-dessus son épaule, je lis tout haut : « Fringues à prix cassés, livraison gratuite.

– Eh beh faut pas te gêner ! »

Léa dégaine une clope et part surfer loin de mon œil indiscret. Ça me lance dans une cuisse. Je me lève. Penser à la réunion qui vient me donne des crampes. Isabelle me fait déjà mal. Et Paolo qui rêve le ventre vide.

« T'es certain de ne pas vouloir un sandwich, Paolo ?

— Merci, j'ai pas faim. »

Dans la glacière, je compte les sandwichs qui n'iront jamais aux SDF auxquels ils étaient destinés. La cellule d'hygiène de l'hôpital nous interdit d'en distribuer : *La nourriture est un vecteur de transmission du covid.* C'est notre deuxième midi d'affilée à les manger en plein air plutôt que chacun dans notre voiture. Et à coloniser ce morceau de pelouse en hauteur devant la morgue, où Ben a eu la bonne idée d'étendre un drap. Moins vingt à ma montre.

« C'est l'heure. »

Ben se frotte les yeux. Nous levons le camp. Paolo observe le départ des pompes funèbres. Léa rapplique, cigarette au bec, muscles saillants dans son débardeur blanc. Elle soulève la glacière et me tape sur l'épaule : « On va la plier Isabelle.

— Non, on ne va plier personne. »

Nous traversons le parking. Retour dans notre local surchauffé. Au milieu trône un seau qu'il faudrait vider. Ben le pousse du pied. Lui et moi et moi collons quatre tables. L'horloge indique 12h45. Dans quinze minutes, Isabelle débarque. Ben baisse son masque: «J'ai chaud, ouvre s'il te plaît.» Je fais coulisser la baie qui donne sur la blanchisserie de l'hosto. Un courant d'air rafraîchit notre QG chauffé à blanc. Un jour, en plus de réparer la fissure à notre toit, l'hôpital posera les robinets thermostatiques que nous lui quémandons. Ben vide le seau dans les yuccas. Léa et Paolo terminent l'inventaire des couvertures et du matériel dans la remise. Nous disposons les chaises autour de la table. Chaque soignant doit pouvoir écarter les bras sans toucher son voisin.

«Bonjour bonjour.»

Isabelle, masquée, dossiers sous le bras et jean serré, trône sur ses talons dans l'embrasure de la baie vitrée. Je jette un coup d'œil à ma montre.

«Oui, docteur, je sais, j'ai un petit quart d'heure d'avance, la direction a convoqué les cadres de l'hôpital pour une petite réunion de crise dans moins d'une demi-heure.»

Isabelle enlève son manteau, claque ses dossiers sur la table. Ça me fait sursauter.

«Il fait toujours aussi chaud chez vous!»

Je la recadre: «On attend toujours les robinets thermostatiques que vous nous avez promis.

– Un petit peu de patience, docteur, tout finit par venir.»

Léa sort de la remise : « Bonjour madame.

– Bonjour Léa, auriez-vous l'amabilité de nous préparer un petit café ?

– Bien sûr, madame. »

Isabelle fouille dans son parapheur. Elle râle.

« Un souci, Isabelle ?

– Un petit instant, docteur. »

J'ignore pourquoi l'instant réclamé devrait être petit. Avec Isabelle tout est toujours petit : un *petit* instant, un *petit* café, une *petite* réunion, un *petit* quart d'heure, un *petit* peu de patience. L'adjectif « petit » est convoqué pour adoucir le réel, le rendre sympa, en faciliter la digestion : quand je demande des moyens, Isabelle me demande un *petit* peu de temps, si je demande une revalorisation du budget essence pour nos maraudes, elle me demande un petit relevé des déplacements du camion.

« Ça y est ! »

Isabelle exhibe une feuille d'inventaire de son parapheur.

« Nous allons prendre cinq petites minutes pour vérifier la pharmacie, on y va docteur ? »

Je me lève. Nous entrons dans la remise. La cafetière coule. Léa termine de ranger duvets et couvertures. Paolo recense chaussettes, médocs, bouteilles d'eau et note des chiffres sur un carnet. Isabelle promène sa main dans nos archives.

« Les dossiers patients sont impeccables, complets, bien rangés, bravo, et la régie Paolo, vous avez compté ce qu'il reste ?

– Oui madame, y a le compte, le cahier de trésorerie est à jour avec le nom des SDF en face de chaque nuit d'hôtel payée.

– Et le registre de la pharmacie, Paolo ?

– Le voici, madame. »

Isabelle épluche le registre. Je lis par-dessus son épaule.

« C'est parfaitement tenu, en cas de certification nous serions validés, je vous félicite.

– Vous permettez, Isabelle ? »

Je prends le registre.

« L'appoint en paracétamol, Paolo, il est où ? »

Paolo hausse les épaules : « La filière antalgique est en tension, l'hôpital peut pas en donner avant la semaine prochaine. »

Je regarde Isabelle : « Vous êtes au courant ?

– Oui, docteur.

– Vous comptiez m'en informer quand ?

– La question est à l'ordre du jour de notre réunion, docteur. »

Retour à Paolo : « Pourquoi tu ne me l'as pas dit ce matin ?

– J'ai oublié. »

Paolo baisse la tête.

« C'est rien, on va commencer la réunion. »

L'équipe est en ordre de bataille autour de la table. Isabelle ouvre son parapheur. Paolo s'assoit à mes côtés, Ben en face. Léa amène les tasses. Isabelle nous regarde: « Qui veut du café ? »

Les collègues lèvent la main, la mienne montre les deux dernières boîtes de paracétamol sorties de la remise.

« Voilà ce qu'il reste, cinquante comprimés. »

Isabelle verse le café sans me regarder.

« Sachant qu'une trentaine de ces comprimés sont consommés par jour, demain on n'a plus rien, comment on fait ? »

Isabelle pose la verseuse: « Qui veut du sucre ? »

Je répète ma question: « Isabelle, comment fait-on avec si peu de stock ? »

Isabelle fait glisser deux sucres sur la surface de la table: « Vous vous doutez bien, docteur, que cette histoire de tension de la filière antalgique est une affaire nationale.

– Ma question ne se situe pas à l'échelle nationale, mais à celle de cet hôpital, comment fait-on, nous, équipe mobile, avec si peu de stock de paracétamol ?

– Vous allez faire comme tout le monde, vous allez rationner. »

Isabelle dessine des ronds sur l'ordre du jour.

« La rue sans le paracétamol, ça va être l'enfer Isabelle, on ne peut pas rationner.

— Vous avez une meilleure idée docteur, un plan pour obtenir des comprimés que l'hôpital n'a pas ?

— Il me reste du paracétamol chez moi dit Ben, j'en ramènerai. »

Isabelle applaudit : « Excellente initiative Benoît, d'autres parmi vous pour sortir du paracétamol qui dort dans les placards, ou bien quelqu'un a-t-il une solution à laquelle personne n'a pensé ? »

Paolo, yeux rivés sous la table, consulte ses messages. J'évite de croiser le regard de Ben et son air désolé. Isabelle fait craquer ses doigts.

« Point suivant, le planning de la semaine prochaine. »

Ben s'affole : « Rassurez-nous, vous n'avez pas fait le planning *que* pour la semaine prochaine mais pour les autres semaines également ?!

— Vous avez bien démarré la réunion avec votre généreuse proposition, je vous invite à rester sur cette lancée. »

Paolo ne suit rien. J'essaie de lire sur son portable : de l'italien, je ne comprends rien. Ben monte au créneau : « Je suis seul à élever ma fille, Isabelle, j'ai besoin de lisibilité pour organiser sa garde, une semaine de projection c'est trop court, vendredi dernier vous nous avez appris la veille pour le lendemain que Léa et moi serions de week-end, j'ai dû laisser ma fille de 7 ans se garder seule deux jours d'affilée, je ne peux pas travailler dans ces conditions et je n'ai pas envie de poser un arrêt de travail. »

Les mains de Ben ne tremblent pas, sa voix non plus, son ton est parfait.

Isabelle multiplie les ronds bleus sur l'ordre du jour.

« Faites garder votre fille par papi et mamie, le planning sera à la semaine, point, l'attestation de déplacement établie par l'hôpital prévoit que vous pouvez véhiculer votre enfant jusqu'à ses grands-parents pour motif de garde, sinon vous avez la possibilité de poser un arrêt de travail comme 20 % des agents de cet hôpital, mais quitter le navire ne vous ressemble pas, si d'autres parmi vous ont des griefs à exposer, c'est le moment. »

Léa prend la parole : « Il y a un problème avec nos tenues de travail, nous maraudons en civil dans les squats, les SDF ne portent pas de masque, ils toussent, ils crachent, c'est hygiène zéro depuis que les accueils de jour et leurs douches sont fermés, nous sommes particulièrement exposés au virus. »

Isabelle note chaque mot prononcé par Léa.

« Ma question est la suivante : quand aurons-nous des protections et des masques dignes de ceux fournis à nos collègues des urgences ou de réa pour éviter de nous infecter ?

— Un petit instant s'il vous plaît.

– Vous avez entendu, Isabelle ?

– Oui oui Léa, je vais vous répondre, mais permettez que je termine de noter. »

Paolo pianote des deux pouces sous la table.

Isabelle pose son stylo : « Avez-vous d'autres remarques à formuler ? »

Ben chausse ses lunettes : « Nous faisons face à une vraie difficulté, les gars dehors crèvent de faim parce que tout est fermé, la cellule d'hygiène nous interdit depuis hier de distribuer nos sandwichs sous prétexte qu'ils pourraient être vecteurs de contamination du covid, comment expliquer à des types qui ont faim qu'on ne leur donne pas à manger pour les protéger d'un virus ? »

Isabelle tousse : « Et vous Paolo, vous en pensez quoi de tout ça ? »

Paolo lève la tête, son téléphone planqué sous la table : « C'est chaud dans la rue madame, les gens comprennent pas qu'on donne pas les sandwichs, si en plus on peut pas donner le paracétamol alors là. »

Paolo se tait.

« *Alors là* quoi, Paolo ?

– Alors là je sais pas à quoi on sert, madame. »

Isabelle croise les bras : « Je vous remercie Paolo, la transition est toute trouvée avec ce que je suis venue vous dire. »

Paolo tourne l'écran de son portable vers moi. Je lis le mot « quaranta » – qui, j'imagine, signifie « quarantaine », mot à la mode depuis que la planète est confinée.

Isabelle referme son parapheur qu'elle pousse vers le centre de la table : « Combien sommes-nous autour de cette table ? »

Ben nous compte : « Onze, avec vous. »

Isabelle pointe son Bic vers la baie vitrée : « Si vous étiez dans les murs de l'hôpital, au moins deux parmi vous seraient arrêtés pour infection au coronavirus. Vous me demanderiez : "Mais où est la réserve sanitaire ?" Je vous répondrais que ce n'est pas la grande bousculade ; que nous, cadres de l'hôpital, ne fermons plus l'œil de la nuit. Devant la fonte du stock de protections vous me demanderiez : "Mais quand aurons-nous des FFP2 et des blouses, Isabelle ?" Je vous recommanderais des tutos de couture à base de sacs-poubelle et de morceaux de tissu. »

Isabelle marque une pause, nous fixe chacun à notre tour, calmement elle nous explique que Toyota devrait bientôt nous fournir des visières.

« Ah oui, autre chose : dans moins de dix jours, vos pauses méridiennes sur le morceau de pelouse où je vous ai vus pique-niquer seront gênées par le ronronnement d'un camion frigorifique :

j'en cherche un pour stocker les corps, ils s'accumulent. »

Isabelle reprend son parapheur et en sort des documents qu'elle étale devant elle. Dessus, des diagrammes de couleur, des courbes. Isabelle nous regarde, Ben et moi : « Les pompes funèbres m'expliquaient hier que les fournisseurs de cercueils vont se trouver en rade dans dix à douze jours si la cadence ne faiblit pas. Je leur ai répondu qu'elle allait s'accélérer. Nous sommes obligés d'allonger le délai de mise en bière à vingt et un jours, le temps pour les fournisseurs d'optimiser les process de fabrication des cercueils. Vous pensez qu'il suffit de débiter des planches moins épaisses pour fabriquer plus avec le même volume de bois ? » Isabelle laisse mourir sa phrase devant Paolo qui n'écoute rien. Elle ramasse un des documents et nous le montre : « Là-dedans, je découvre hier en réunion de crise qu'existent des normes de combustibilité et de biodégradabilité renforcées depuis fin 2018, ces normes freinent tout. »

Isabelle sort des petites lunettes : « Écoutez bien, on ne peut ni descendre en dessous de dix-huit millimètres d'épaisseur pour une incinération ni dépasser quatre-vingt-dix minutes de crémation par cercueil, des exemples comme celui-là, j'en ai des dizaines, le choix du bois aussi, certaines essences nécessitent un apport supplémentaire de gaz ou produisent des cendres volantes, donc dangereuses. Paolo, ça n'a pas l'air de vous intéresser ce que je dis ? »

Paolo n'écoute pas, il pianote sous la table, Isabelle continue : « Un crématorium a demandé hier à une collègue cadre de s'assurer que les œillets à pression des blouses dans lesquels les morts partent peuvent brûler sans endommager les fours, je ne vois pas quel expert va lui certifier ça. Vous pouvez me trouver un expert qui nous certifiera ça, Léa ? Je ne dis pas ça pour vous embêter mais pour que vous entendiez dans quoi tombent vos demandes de masques, de protections, de plannings et de sandwichs ; une autre question : qui parmi vous peut me garantir qu'il sera opérationnel demain plutôt que malade ? Benoît, vous restez volontaire pour venir travailler ou vous allez vous faire prescrire un arrêt de travail pour vous occuper de votre fille ? Et vous Paolo, qui regardez votre portable sous la table depuis le début de cette réunion, vous serez là demain ? »

Paolo pose le téléphone devant nous. Il lit le message envoyé par sa mère, de l'italien que personne ne comprend. Il dit : « J'appelle ma mère. » Il se lève, une voix de femme crie à l'autre bout du fil. Je regarde Paolo s'agiter, ouvrir la baie vitrée, quitter la réunion téléphone à l'oreille. Silence. Isabelle nous regarde un par un. « Est-ce que chacun peut me garantir ce qu'il fera demain et où il sera la semaine prochaine ? »

Isabelle tend le planning à Ben.

« Je n'ai aucune visibilité, chaque jour il pleut des arrêts, alors un planning sur une semaine, Benoît, considérez ça comme un exploit. Que vous vouliez être protégés dans la rue parce que vous êtes exposés est normal, vous n'irez de toutes façons bientôt plus qu'en ordre dispersé, nous manquons de tout, à commencer par de la main d'œuvre en intra. Isabelle pointe son Bic vers les murs de l'hôpital. Vous allez être réquisitionnés par binôme, tour à tour, les premiers seront affectés la semaine prochaine en unité covid, je vous tiens informés dès que j'en sais davantage. Les autres, votre tour viendra, on procèdera par roulement pour éviter l'épuisement, les congés sont gelés, continuez de soigner la rue comme vous pouvez, avec ce que vous avez sous la main pour vous protéger. Vous avez rendez-vous demain après-midi à la médecine du travail, c'est la procédure, des questions ? »

8

Perché dans ce qui est censé devenir notre sas de décontamination, poids du corps sur sa perceuse, Ben perce le mur. Je sécurise la chaise sur laquelle il se tient debout et chasse la poussière qui tombe dans mes cheveux.

Léa me tape dans le dos: «Viens voir.»

Je laisse Ben forer le mur. Dans cette partie désaffectée de l'hôpital où sont stockés lits cassés, vieux fauteuils, pancartes, potences, cartons éventrés, nous avons décidé de nous créer un sas de décontamination, un vestiaire improvisé comme on en trouve en unité covid. Léa me montre un crochet rouillé dans un mur: «Inutile de percer un second trou, on tire une corde de là où se trouve Ben à ce crochet-ci, on tend un drap et on se déshabille derrière, qu'est-ce que tu en penses?»

Je passe le doigt dans le crochet.

«J'en pense que c'est parfait.»

Léa me tend une cordelette trouvée près d'une paire de rideaux au sol. Je forme une boucle et la passe dans le crochet. Elle tire la cordelette jusqu'à Ben, qui a fixé un crochet de son côté. Mains sur les hanches, Léa siffle: « C'est pas droit, mais on s'en fout. »

Elle suspend une housse de couette violette sur la cordelette: « Me déshabiller derrière un morceau de chez moi me rassure, ce lieu me fait flipper. »

Léa est la première à se déshabiller. Elle ressort vêtue d'une combinaison de peintre en papier achetée en drive chez Leroy Merlin. Au tour de Ben. Sa tenue de jardinier et ses bottes en caoutchouc nous font pouffer de rire. À moi. De l'autre côté du drap, je pose mes fringues sur un dossier de chaise avec mon prénom écrit dessus. J'enfile un vieux jean, une paire de Converse trouée, un tee-shirt de running. Léa est consternée: « Elle protège de quoi ta tenue ?

– De ramener dans mes vraies fringues le virus à la maison, maintenant on y va. »

Ben prend les clés du camion, moi la valise de secours avec notre quota de médocs. Hier, après la réunion, chacun a raclé les fonds de tiroir. 250 comprimés de paracétamol collectés, dont 60 déposés ce matin par Isabelle. Je lève les yeux au ciel. Un temps à pluie, à chercher nos SDF dans les trous où ils se terrent et à rentrer au local couverts de postillons microscopiques. Léa bouscule Ben : « File-moi les clés s'te plaît, on ne conduit pas avec des bottes, y a un minimum vieux. »

Ben agite les clés sous le nez de Léa.

« Viens les chercher. »

Léa mime un coup de genou. Ben lâche les clés. Elle les ramasse, s'enfuit, suivie par Ben le jardinier et moi à la traîne dans mon jean déglingué. Nous grimpons dans le camion.

Léa roule à tombeau ouvert sur la chaussée. Je me cramponne.

« On n'est pas pressés », dit Ben en allumant l'autoradio.

Le boulevard devant l'hôpital est gris. Des gouttes tombent sur le pare-brise. Première pluie depuis des lustres. Ben me montre la liste des gens dehors.

« On les a tous recensés, 43 hommes, 8 femmes, 2 enfants, tous grands marginaux ou réfugiés, on commence par qui ? »

Mon œil trie.

« Loïc, c'est le plus vulnérable, ça fait dix jours qu'on ne l'a pas revu, depuis son injection à l'arrière du camion. »

Ben n'est pas d'accord.

« Moi, j'aurais dit Serge. »

Léa met son clignotant: « Le squat de Loïc est plus proche, on commence par lui, après on s'occupera de Serge. »

Nous passons sur le pont. Léa ralentit.

« Putain mais qu'est-ce qu'elle fout ?! »

Une silhouette est penchée au-dessus du parapet. Léa s'arrête à sa hauteur et ouvre sa vitre. Je coupe l'autoradio.

« Tout va bien, madame ? »

Une vieille femme se retourne et nous montre l'hôpital : « Mon mari est là-bas, le Samu l'a emmené cette nuit. »

Léa tend sa paume par le carreau.

« Il pleut, il vaudrait mieux vous abriter. »

La dame sort un tissu de sa poche, se mouche et le replace dans sa veste : « Nous n'avons jamais dormi séparés.

– Vous êtes en train d'attraper froid madame, on peut vous ramener chez vous si vous voulez.

– Je ne peux pas dormir sans mon mari. »

La dame nous tourne à nouveau le dos. Elle s'accoude au garde-corps et contemple l'hôpital. Ben jette un coup d'œil à l'arrière du camion : « On n'a ni parapluie ni cape, qu'est-ce qu'on fait ? »

Je descends du camion. Je rejoins la dame.

« Il a quel âge votre mari ?

– 78 ans.

– Comment s'appelle-t-il ? »

La dame sort un portefeuille et me montre son portrait : « Voilà Alain. »

Je regarde le visage d'Alain, à côté la photo jaunie du couple à la sortie de l'église.

« Rangez votre portefeuille, il va être mouillé, je reviens dans un instant. »

J'ouvre le hayon, je prends une couverture et la pose sur les épaules de la vieille dame.

« Ne prenez pas froid, Alain aura besoin de vous quand il sortira. »

Je grimpe dans le camion. Léa remonte sa vitre. La pluie frappe le pare-brise. Ben actionne les essuie-glaces. Nous observons la vieille dame s'emmitoufler dans la couverture. Le camion repart, franchit le pont, tourne à gauche.

Nous garons le camion derrière la gare. Des wagons par dizaines livrés à la rouille. Ben prend la valise. Sous les trombes d'eau, la combi de Léa se déchire aux épaules. Nous courons le long de la voie ferrée, direction la voiture corail où Loïc squatte. Je suis trempé jusqu'aux os. Sur le marchepied du wagon un étron. Ben passe la main par le carreau cassé de la porte. Léa entre la première. Ben et moi grimpons à sa suite. L'odeur est pestilentielle. Léa s'est agenouillée devant Loïc, affalé au sol : « Je ne comprends pas ce que tu racontes, articule. »

Loïc montre sa joue tranchée. Ben sort un flacon de Bétadine, des compresses.

« Qui t'a fait ça ? »

Loïc repousse sa main.

« Faut qu'on désinfecte ta blessure et que tu nous laisses te conduire à l'hôpital. »

Loïc se lève. Crier rouvre sa plaie. Le sang se met à couler.

« Tout doux Loïc, ça va aller, calme-toi, personne ne te forcera à quoi que ce soit, si tu veux rester ici, pas de problème. »

Dans l'humidité de son wagon, Loïc tousse. Il est pâle. J'ignore quelle quantité de sang il a perdue. Léa caresse la joue saine de Loïc, de lents va-et-vient sous l'arcade.

« Ça va aller, je suis là.

– Son pouls, Léa. »

Je murmure ces trois mots comme on retirerait un mikado. Léa ne me répond pas, concentrée à masser la joue épargnée de Loïc, son moyen à elle d'entrer en communication avec lui. Ses doigts saisissent le poignet de Loïc.

« Ton cœur bat à 90. »

L'information m'est destinée. 90 au repos, c'est beaucoup.

« Comment tu te sens ?

– Je sais pas. »

Loïc répond sans lâcher des yeux Léa.

« Qui t'a fait ça au visage ?
– Le sheitan.
– Le quoi ?
– Le sheitan.
– Il ressemble à quoi ton sheitan ?
– Je sais pas. »

Le ventre de Loïc gargouille.

« T'as faim ?
– Oui.
– T'as mangé ? »

Loïc désigne une boite de conserve sur une banquette à côté de nous : « Il me reste une limace. »

Je vérifie : une limace orange.

« Ça te dirait un sandwich, un dernier ? on liquide les stocks !
– Oui.
– On en a au local, suis-moi. »

Léa passe devant. Loïc la suit. Nous courons sous des trombes d'eau jusqu'au camion. Léa jette les clés à Ben : « Je monte derrière avec lui, prends le volant. » J'ouvre ma vitre. Il pleut dans l'habitacle. C'est ça ou tourner de l'œil, l'odeur est atroce. Ben roule sans à-coup, sans allumer l'autoradio surtout : un bruit et Loïc peut vriller et provoquer un accident. La pluie redouble. La chaussée est inondée. Ben augmente la cadence des essuie-glaces. Le balayage est trop rapide, Loïc gigote. Les caniveaux débordent. Je grelotte. Nous repassons sur le pont. La vieille dame a disparu. L'eau du canal est piquée par la pluie.

Nous nous garons devant le local, j'aide Loïc à descendre du camion. Nous entrons dans le sas. Ses yeux parcourent notre cimetière de lits cassés, de matelas éventrés, un monde au rebut. Léa pose une main sur son épaule : « Tu vas suivre Ben jusqu'à la douche pendant que je m'occupe de tes sandwichs. »

Ben montre le chemin.

« Suis-moi, Loïc. »

Je les regarde s'éloigner.

« Son cœur pulse à 90 Léa, c'est limite, faut l'amener aux urgences.

– Il n'ira pas, on a du matériel de suture dans la trousse, je vais chercher des fringues propres et un de nos derniers casse-dalles, dès que Loïc est douché tu le recouds pendant que je lui masse le visage. »

Léa décampe. Je n'ai pas mon mot à dire. Ma dernière suture, c'était il y a vingt ans, trois points sur un cuir chevelu dans le confort d'un box aux urgences, rien à voir avec un visage à recoudre dans des conditions de guerre. Avant même le premier point, au moment d'anesthésier, l'aiguille dans la peau, Loïc va m'en foutre une. J'ouvre la valise, je sors un paquet de Steri-Strip et un set de suture complet avec le fil le plus fin, du Dexon 6/0, spécial visage et paupières. La date n'est même pas périmée, Paolo pense toujours à tout. Une table. Il me faut une table pour poser le set. Derrière des potences, une desserte aux roulettes grippées. Je la place près d'un fauteuil inclinable : j'y installerai Loïc. J'ouvre le set, la gaze verte, tout y est, le plateau, la paire de gants stérile. Sur la gaze, je dispose la pince Mayo, la cupule à Bétadine, le bistouri, la pince Péan, le porte-aiguille, le fil. Tout est prêt. Doigts frottés au gel, je plie les coudes, avant-bras à 90 degrés, paumes vers le visage. J'attends. Léa revient vers moi fiole à la main. Je me tourne vers elle : « Jamais je n'arriverai à anesthésier la joue de Loïc. Il va dévisser quand je vais approcher l'aiguille de son visage. » Je désigne la fiole : « C'est quoi ?

– De l'huile de bourrache, chanvre, prune et cameline.

– Et tu comptes en faire quoi ?

– Lui éviter une anesthésie : c'est avec ça que je lui masse le visage d'habitude, ça le calme, je vais essayer de le détendre, si j'y arrive je te ferai signe et tu pourras y aller. »

Ben revient avec Loïc, propre, cheveux mouillés. Sa plaie court presque jusqu'à la commissure des lèvres. Loïc nous regarde, il respire fort. Je suis en train de faire n'importe quoi.

« Tu peux t'y installer. »

Léa frotte l'huile entre ses mains.

« On fait comme d'habitude, ferme les yeux, détends-toi. »

Loïc observe la position ridicule de mes avant-bras.

Léa adoucit sa voix : « Loïc, regarde-moi, on va refermer ta plaie.

– Non.

– Tu veux un sandwich ?

– Oui.

– Mâcher va rouvrir ta blessure, ça va saigner, si tu veux manger nous devons recoudre, tu me fais confiance ?

– Oui.

– Alors détends-toi. »

Léa passe derrière le fauteuil. Elle masse le cuir chevelu de Loïc, l'arrière de ses oreilles, sa joue saine : « Ferme les yeux, n'écoute que ma voix, concentre-toi sur cette partie de ton visage que je masse, tu la sens ta peau sous mes doigts ?

– Oui.

– Alors c'est parfait Loïc, on peut y aller, tu es cette chaleur sur ta peau, une chaleur douce, enveloppante, une chaleur pour te prendre, te bercer, t'envelopper, dans laquelle te reposer et t'endormir, flotter, tu sens cette chaleur ?

– Oui.

– Dans cette chaleur, ton corps se relâche. »

Léa me fait signe. J'enfile mes gants. Pince Péan, compresse de Bétadine, je tamponne la plaie – un coup de cutter j'imagine.

« Tu flottes Loïc, ton corps ne pèse plus, il est léger comme l'air qui t'entoure. »

Je prends le porte-aiguille. J'arrime le fil.

« Il y a de l'air autour de toi, de ton visage, tu flottes, tu es bien, tellement bien que tu te laisses tomber dans de la ouate, tu apprécies le confort cotonneux de cette ouate. Enveloppé dans cette ouate, tu sens une petite chose se poser sur ta joue, une petite chose qui pique ; ignore-là, concentre-toi sur ma main qui caresse ton visage de l'autre côté, mets-toi en dessous de cette main, à l'abri sous sa chaleur. »

J'approche l'aiguille de la peau, Léa me fait signe, elle continue de parler à Loïc. Ma main tremble. J'avise Ben. Je lui fais signe que non. Ben enfile des gants. Il ouvre le paquet de Steri-Strip et découpe une bande. Je pose la pince, le fil, je rapproche les berges de la plaie de Loïc avec mes doigts. Ben pose un premier strip.

« Où tu te trouves il fait bon, le nuage de coton qui t'enveloppe descend lentement, tu peux voir le paysage se rapprocher, les champs, les bois, les arbres, les rivières, la verdure sur laquelle le nuage te dépose, un tapis de feuilles où tu respires. »

Ben pose un deuxième strip.

« Dans ce lieu où tu te trouves une silhouette traverse le paysage, elle passe devant toi, à quelques mètres, tu la reconnais, tu lui fais signe, tu lèves la main, elle tourne la tête, te sourit, tu es heureux parce que ce sont des retrouvailles avec la personne que tu aimes le plus. »

Troisième strip posé.

« Cette personne ouvre ses bras, elle te fait signe d'approcher, alors tu y vas, tu te laisses aller dans ses bras, elle te serre contre elle, fort, tu peux sentir son étreinte, puissante, tellement puissante qu'il ne peut rien arriver Loïc, rien. »

Quatrième strip.

« Ses bras te serrent, ils t'enlacent, tu t'y niches, sa main caresse ton visage, tes cheveux, tu sens son souffle sur ta nuque. »

Cinquième strip.

« Sa voix te berce, elle te rassure, dans ses bras rien ne bouge, la vie coule, paisiblement, tout est simple, tout est bien. »

Sixième strip posé, deux autres sont collés perpendiculairement. Je jette mes gants, je baisse mon masque, j'ai chaud.

« Les bras dans lesquels tu te trouves relâchent leur étreinte, ils se détachent de toi, la main qui te caressait le visage s'éloigne, te fait signe, la personne que tu aimes le plus au monde te sourit, d'un sourire qui veut dire à bientôt Loïc, et maintenant que sa silhouette s'éloigne, que tu la regardes poursuivre son chemin, te voici détendu, allongé sur ce tas de feuilles que tu as quitté tout à l'heure, dont tu retrouves la texture chaleureuse, la ouate, la douce ouate de ce nuage dans lequel tu étais si bien et dans lequel tu embarques à nouveau, ce nuage qui remonte et te redépose ici, dans ce fauteuil où tu peux prendre le temps de revenir à toi, nous sommes là, nous t'attendons.»

Léa part chercher les sandwichs. Loïc se lève. Debout devant le fauteuil, il me regarde sans rien dire. Il attend. J'ignore ce qu'il se dit. Léa revient: «Tiens Loïc, bon appétit.»

Loïc mord dans le pain, les strips tiennent. Il engloutit son jambon-beurre au milieu des matelas et des objets qu'il touche. Une pancarte de lit l'intéresse. Loïc la prend et file jusqu'à la porte qu'il ouvre. Dehors il pleut.

«Tu veux qu'on te raccompagne, Loïc?

– Non, je rentre chez moi.»

Loïc s'éloigne, pancarte au-dessus de la tête, la bouche pleine.

9

14 heures. Dix minutes que j'attends ma connexion à Canopé. Le portail de l'Éducation nationale refuse de s'ouvrir. Mon ordinateur rame au milieu des affaires d'école éparpillées sur la table du séjour. Jeanne compte sur ses doigts : « Papa, la maîtresse demande combien il y a de nez dans une classe de vingt oreilles. »

Je clique et reclique sur *Se connecter*, sans succès.

« Moi je dirais vingt.

– Vingt quoi, Jeanne ?

– Vingt nez, papa !

– Vingt nez », je répète en regardant mon écran et mon doigt, qui fatigue à force de cliquer.

Je me tourne vers ma fille.

« Montre-moi ton exercice. »

Jeanne me tend sa feuille de devoir : *Revoir la leçon sur les doubles et les moitiés puis résoudre le problème suivant : combien y a-t-il de nez dans une classe de vingt oreilles ?*

« Je vais t'expliquer comment on fait, Jeanne, mais avant ça, tu vois la petite roue sur mon écran ? Depuis tout à l'heure elle n'en finit pas de tourner, mais là ça y est, je crois que c'est bon, le portail s'ouvre ! »

L'ordinateur plante.

« Fait chier !

– Papa, on dit pas de gros mots. »

Antoine me flanque sous les yeux sa fiche d'histoire médiévale : « Pourquoi le *Jean* de Jean Froissart ça s'écrit *Jehan ?* »

Je rabats l'écran de l'ordi, je le rouvre, je le relance, je parcours des yeux la fiche d'Antoine, je lis *Jehan Froissart, chroniqueur de la guerre de Cent Ans.* L'écran se rallume. Mot de passe exigé. Je le rentre. Jeanne me tire par la manche : « J'ai trouvé, papa ! »

Mes doigts dérapent sur le clavier : *Mot de passe erroné.*

« Qu'est-ce que tu as trouvé ma chérie ?

– Vingt oreilles dans une classe ça fait vingt nez.

– Non Jeanne, vingt oreilles ne font pas vingt nez. »

Je rentre à nouveau mon mot de passe, je relance Safari. Antoine me montre sa feuille : « Alors papa, pourquoi *Jean* ça s'écrit *Jehan* ?

– Parce que c'est du vieux français, au Moyen Âge on disait *Jéan* Froissart, comme un géant.

– Sérieux !?

– Oui, Tonio, on disait aussi *Jéanne* d'Arc. »

Retour sur Canopé, je rentre mes identifiants, je clique sur *Se connecter*. La petite roue tourne.

« Papa, je comprends rien au truc des oreilles. »

Je regarde ma fille : « Combien j'ai d'oreilles ?

– Deux. »

Jeanne reçoit une boulette de papier dans le visage.

« Bonne réponse Jéanne, bravo !

– Antoine, t'es con ou quoi ?! »

Jeanne pleure.

« Tu n'es pas gentil avec ta sœur.

– Eh mais je suis gentil, je félicite ma sœur en vieux français !

– Excuse-toi immédiatement.

– Je m'excuse.

– Jeanne regarde moi, j'ai deux oreilles mais j'ai combien de nez ?

– Un.

– Donc si deux oreilles égal un nez, vingt oreilles égal ?

– Vingt nez. »

L'ordinateur plante. Je rabats l'écran : « On fait une pause les enfants, récréation, allez jouer dans le jardin, il fait beau, profitez-en, on reprendra plus tard. »

Les enfants chaussent leurs baskets.

« Le dernier dehors est une poule mouillée ! »

Ils s'échappent par la baie vitrée. Je monte les escaliers sans faire de bruit. Derrière la porte de notre chambre, volets fermés, Julie n'arrive pas à dormir :

« Tu t'en sors avec les enfants ?

– Oui, à part Canopé qui refuse de s'ouvrir.

– C'est peut-être la Wi-Fi, connecte-toi avec ta 4G. »

Je pose la main sur le front de Julie. La fièvre a baissé – merci le paracétamol. Je sors deux clous de girofle de ma poche, que je place sous son nez. Julie ne sent rien. Je m'assois sur le bord du lit : « À part moi, personne ne sort de cette maison depuis deux semaines, c'est de ma faute.

– Qu'est-ce qu'on fait pour les enfants, je m'isole dans notre chambre ?

– Aucun intérêt, j'ai dû faire une forme asymptomatique et contaminer toute la maison, chaque pièce, toi, les enfants. Eux aussi auront fait une forme asymptomatique, repose-toi et continue de circuler sans te poser de questions. »

J'embrasse Julie, je redescends les escaliers. Je tourne mon fauteuil face au jardin. Jeanne compte les yeux fermés, front appuyé contre un arbre. Antoine cherche un endroit où se cacher. Je prends l'iPhone de mon cabinet pour partager ma connexion et relancer Canopé. Je le déverrouille. Notification WhatsApp, je clique. Message d'Asma : *Docteur j'y arrive plus, même avec le Lexomil je dors pas. Le regard des patients me terrifie. Appelez-moi dès que vous avez ce message, je vous en supplie.*

Le message d'Asma est une météorite dans ma maison. D'où m'écrit-elle ? L'heure d'envoi indique 14 h 13. Asma est sur son lieu de travail, l'hôpital, contrairement à moi qui suis chez moi avec ma femme malade, mes enfants et mon refus de télé-travailler depuis notre domicile. Chez moi est un sanctuaire. Le travail ne doit jamais y entrer. Je le cantonne à la rue, à l'hôpital et au cabinet. Pas d'exception. Mais l'ouverture du message d'Asma m'oblige, WhatsApp affiche déjà sur son écran à elle l'encoche bleue attestant que je l'ai lu. Elle sait que je sais ce qui se passe pour elle.

iPhone à la main, dans mon fauteuil, j'observe mon fils nouer une serviette autour de son cou. Il grimpe en haut du toboggan. Il crie qu'il est Thor. Il saute du toboggan, moi de mon fauteuil : sa réception est catastrophique, Antoine a du mal à se relever. J'imagine déjà la fracture, l'aller-retour aux urgences pleines de covid. Antoine se redresse, il poursuit sa sœur. Qui s'enfuit en courant. J'appuie sur la touche caméra de WhatsApp. Je ne peux pas ne pas appeler Asma. Je branche mes écouteurs. La liaison vidéo est bonne. Asma apparaît, front barré par des lunettes de bricolage, masque de ponçage sur le cou. Sa poitrine dans un sac-poubelle coupé aux coins luit sous les néons d'un vestiaire.

« Bonjour Asma, que se passe-t-il ?

– Je ne peux pas continuer, je ne peux plus. »

Elle tousse. Je jette un coup d'œil par la baie vitrée, mes enfants jouent, tout va bien. Asma cherche ses mots : « Une collègue que je connais, ils l'ont intubée ce matin, c'est moi qui ai fait son échographie cardiaque avant le transfert en réa, j'ai peur qu'elle y reste, que tout le monde y reste. »

Le regard d'Asma dans ma maison c'est la merde, son malaise va se répandre chez moi.

« C'est normal d'avoir peur Asma, mais on ne meurt pas comme ça, la vie est plus forte, elle tient, les 10 % de malchanceux à réanimer vous font oublier les 90 % qui gagnent contre le virus. »

Au soupir d'Asma je mesure l'insuffisance de mes mots.

« Docteur, leur regard me terrifie, il me reste six échographies à faire, je ne peux plus continuer, j'abandonne.

– Non, dis-je en faisant le tour de mon fauteuil, vous allez réaliser ces échographies jusqu'à la dernière, vous ne pouvez pas faire autrement et vous le savez. »

Je laisse un silence après le « vous le savez ». Je jette un coup d'œil par la fenêtre : les pieds descellés de la balançoire décollent du sol, mon fils se balance un peu trop. Retour à Asma : « Ne regardez pas les malades, débrouillez-vous comme vous voulez, mais évitez leur regard, concentrez-vous sur votre sonde, les ventricules en noir et blanc sur l'écran, songez à l'effet sur les patients de votre corps dans un sac-poubelle, votre visage barré par un masque et des lunettes de bricolage, imaginez-vous à leur place au fond d'un lit, offrez vos mots, je suis sûr qu'on oublie de leur parler.

– Vous ne comprenez pas docteur, vous n'êtes pas sur le terrain, ce qu'il se passe ici est terrible, vous ne savez pas de quoi vous parlez.

– J'ai la distance que vous n'avez pas Asma, c'est pour ça que vous m'appelez. »

Asma tourne la caméra : « Vous voyez ce chariot d'échographie, je vais l'abandonner, rien à foutre.

– Vous n'allez rien abandonner.

– Si, et je vais déchirer cette saloperie de sac-poubelle ! »

Asma pose son téléphone. J'ai vue sur le plafond. Je l'entends pleurer. Je regarde mes enfants jouer à s'envoler de la balançoire et atterrir le plus loin possible. Entre deux sanglots Asma dit : « Y a que moi dans cet hôpital pour réaliser des échos.

Les autres cardiologues partis en libéral avant le covid, j'apprends ce midi qu'ils demandent 1 500 euros par jour pour aider l'hôpital à condition de ne pas avoir à faire ce que je fais, des échographies en unité covid, et vous savez ce qu'a répondu la direction ? »

Asma reprend le téléphone. Son visage réapparaît : « La direction a dit oui ; mes collègues vont gagner en une journée sans prendre le moindre risque ce que je gagne en un mois, comment voulez-vous que je continue à pousser ce chariot ? »

Asma se tait. Son récit me fait trembler de colère.

« Vous êtes une prolétaire du soin, Asma, un médecin formé à l'étranger, vous allez continuer de vous écraser parce que travailler est la condition pour renouveler vos papiers. La direction de l'hôpital le sait, elle connaît votre précarité, le système hospitalier l'organise, ce vestiaire en est la preuve, vous pouvez pleurer dedans autant que vous voulez, la direction s'en fiche, vous êtes seule au front, exposée, sous-payée. Une seule chose compte : ne pas perdre vos papiers, finir le job de la journée et accepter que je vous prescrive un arrêt de travail ce soir pour épuisement professionnel, ça forcera les autres à y aller, mais vous ne devez pas vous mettre dans votre tort. »

Asma fait oui de la tête: « Et puis je m'inquiète pour ma fille, docteur.

– Qu'est-ce qu'elle a votre fille ? »

Jeanne agite les bras dans ma direction. Antoine est allongé au sol. Elle me fait signe de venir. Je forme un V avec mes doigts – *deux minutes.*

« Je ne dois plus approcher Inaya.

– Pardon ?

– C'est l'infectiologue de l'hôpital, il dit que je dois maintenir Inaya à un mètre de moi à la maison pour ne pas la contaminer, que je dois appliquer les gestes barrières, ne plus lui faire de câlins, alors je lave tout sur mon passage, je prends une deuxième douche quand je rentre, j'interdis à ma fille de m'approcher, je porte un masque devant elle, je refuse qu'elle touche les poignées de porte, je crie après elle parce que je veux qu'elle se lave les mains mais elle me fait des colères, elle se roule par terre. »

Mon fils cloué au sol se tient la jambe, je reviens à Asma: « Ce n'est pas le coronavirus qui va tuer Inaya, mais votre peur qu'elle l'attrape, enlevez le masque à la maison, touchez votre fille, serrez-la dans vos bras, passez du temps avec elle, pas de distanciation physique avec nos enfants sinon ils vont nous jouer des tours, je dois vous laisser, je vous ferai parvenir un arrêt de travail ce soir, bon courage. »

Je raccroche. Je n'ai plus de jambes : cette fois c'est sûr, Antoine s'est cassé quelque chose. Je cours. J'arrive au pied de la balançoire. Mon fils est allongé dans l'herbe, jambe pliée. Il hurle.

« Laisse-moi regarder. »

Antoine refuse. Je m'adresse à Jeanne.

« Ton frère est tombé de la balançoire ?

– Oui, papa.

– Écoute bonhomme, je t'emmène aux urgences, on va faire une radio, passe le bras autour de mon cou. »

Antoine s'accroche à moi. Je pousse sur mes cuisses, 35 kilos de poids mort à hisser.

« Ça va ? »

Jeanne rigole. Antoine explose de rire.

« Poisson d'avril, papa ! »

10

Julie passe la tête dans le séjour : « Ça va les enfants ? »

Antoine est absorbé par sa lecture de *One Piece*. Jeanne répond : « Oui maman. »

Julie me fait signe d'approcher : « J'ai mal partout, je vais prendre un Doliprane et retourner me coucher, je te laisse avec eux. »

Elle referme la porte du séjour. Je m'assois dans le canapé à côté d'Antoine captivé par les aventures de Luffy. Mon téléphone professionnel vibre. Message de Louis : *L'adieu au visage est mort, je te laisse regarder tes mails.*

Jeanne construit un perroquet en Lego sur la table basse devant moi. Elle entame la tête de l'oiseau. J'ouvre ma boîte mail. Frappé de la signalétique *Message de la plus haute importance*, le mail dont me parle Louis s'intitule *Décret n°2020-384, ce qui change à compter du 1er avril*. En pièce-jointe, un fichier de douze pages. Je l'ouvre. L'ensemble des rubriques concernant le traitement des morts est revu et corrigé : certificat de décès, toilettes rituelles et mortuaires, délais d'inhumation, crémation des cercueils, transport des corps. Ça commence avec l'interdiction de la thanatopraxie prolongée jusqu'au 30 avril 2020.

« Papa, je trouve pas la pièce pour faire le bec. »

Je scrolle : la thanatopraxie et les prothèses cardiaques je m'en fiche, c'est le chapitre *Toilette mortuaire* en page quatre qui m'intéresse, je veux savoir ce qui va changer pour Mireille et moi qui venons d'intégrer la nouvelle équipe mortuaire de Louis, une équipe dédiée au traitement des corps, destinée à soulager ceux qui soignent les vivants, leur éviter de s'épuiser, s'abîmer. Surtout, j'aimerais comprendre pourquoi nous ne pourrions plus permettre aux familles de voir le corps de leur proche une dernière fois. Je laisse Jeanne chercher le bec de son perroquet et je vais directement au chapitre *Toilette mortuaire* qui commence par rappeler les fondamentaux de l'article L 16-1-1 du Code civil, à savoir le respect dû au corps humain qui ne saurait cesser avec la mort, ce qui va dans le sens de préserver l'adieu au visage – alors pourquoi Louis s'affole-t-il ainsi, où est le problème ? Mon doigt aussi s'affole, qui scrolle et saute des chapitres. Je reviens en arrière, page cinq.

Il est rappelé que la toilette mortuaire consiste en une succession de gestes réalisés dans le respect du corps et de la dignité du défunt visant à lui donner une apparence apaisée et digne en vue de sa présentation à la famille et à ses proches avant la mise en bière.

Jeanne me tire par l'épaule tandis que je me concentre sur l'article 12-5 du décret 2020-384 qui mentionne l'interdiction de la toilette mortuaire à compter du 1er avril sur le corps d'un patient décédé, cas confirmé ou cas probable du Covid-19. La mise en bière du corps sera immédiate et s'effectuera dans un cercueil simple défini par l'article R.2213-25 du Code général des collectivités territoriales. Le corps ne pourra pas être transporté depuis son lieu de décès sans cercueil et, surtout, *il ne pourra pas faire l'objet d'une présentation en chambre funéraire ni de toilette funéraire.* La catastrophe dont me parle Louis est ici, écrite noir sur blanc: la visite de vingt minutes au défunt et l'adieu au visage ne pourront plus être mis en place. Le médecin qui constatera le décès cochera la case *Mise en bière immédiate* sur le certificat de décès – *immédiate* est-il précisé. *Toutefois* écrit le rédacteur de l'article – et je m'accroche à ce «toutefois» – *Toutefois il convient de souligner qu'il n'existe pas de délais précis correspondant à la mise en bière immédiate.* J'ai le cœur qui bat: «immédiate» signifie «sans délai», alors pourquoi parle-t-on de *délai*?

Je lève les yeux du mail. Jeanne me regarde fâchée, bras croisés. Je retourne à mon iPhone. Comment le législateur peut-il décréter une *mise en bière immédiate* et évoquer *l'absence de délai précis* ? Quelque chose m'échappe. J'essaie de me concentrer sur les modalités de remplissage du certificat de décès. Je lis ceci : *La mise en bière doit se faire dans les plus brefs délais quand le décès a eu lieu à domicile et avant la sortie de l'établissement quand le décès a eu lieu à l'hôpital.* Plus loin encore, le texte rajoute que dans le respect le plus strict des mesures de protection et selon des modalités laissées à l'appréciation du directeur d'établissement *un délai de quelques heures peut être accordé pour que les familles ou proches puissent venir voir le corps du défunt une dernière fois avant qu'il ne soit mis en bière et le départ du cercueil de l'établissement.* La mise en bière *immédiate* ne signifie donc pas mise en bière *instantanée.* Avant de mettre en bière un corps qui vient de rendre son dernier souffle, il faut que l'équipe des pompes funèbres vienne et dispose d'un cercueil. Il y a donc bien un délai – et vu l'accélération des décès, les délais de mise en bière risquent de s'allonger, ce qui laisse du temps pour une dernière visite. Louis serait-il passé à côté de ce point ? Se pourrait-il qu'il ne soit pas allé jusque-là et que, fatigué, il ait baissé les bras comme j'aurais pu le faire si cette histoire de délai n'avait retenu mon attention ? Je fais un screen du passage que je viens de lire, je l'envoie à Louis avec le commentaire suivant : *Tout n'est pas perdu comme tu peux le voir dans ces lignes que je t'envoie en photo : les familles peuvent venir une dernière fois rendre visite au défunt.*

Je repose le téléphone sur la table.

« Ça y est, papa ?!

– Oui Jeanne, je vais chercher le bec avec toi. »

Je me baisse, j'inspecte sous le canapé, la table. Jeanne me toise : « T'as vu, y a rien !

– Eh bien, c'est que c'est un perroquet sans bec.

– Un perroquet sans bec ?!

– Ben oui, t'en as jamais vu ?

– Non.

– Normal, ça n'existe pas, poisson d'avril ! »

J'ouvre ma main : dedans une pièce de Lego pointue, blanche. Jeanne saute de joie. Antoine continue de lire son manga. Notification de mon iPhone. Message de Louis. Une capture d'écran sur laquelle je lis : *Dans le respect le plus strict des mesures de protection et selon des modalités laissées à l'appréciation du directeur d'établissement, un délai de quelques heures peut être accordé.* Suivi de ce commentaire : *Comme tu peux le voir, il est précisé « selon des modalités laissées à l'appréciation du directeur d'établissement ». L'appréciation du directeur, ai-je besoin de te la donner ?*

11

Ainsi que je l'imaginais il y a des livres, des livres partout dans ce 100 mètres carrés du centre-ville où réside Suzanne, professeur de sociologie à la retraite. Il y a des revues aussi, en piles sur le sol, des centaines d'ouvrages rangés dans la bibliothèque devant laquelle la doyenne de mes patientes me parle mug à la main, téléphone dans l'autre.

« Des livres docteur, j'en mets jusque sur le bar de ma cuisine. »

Suzanne balaie la pièce avec son smartphone, se replace face à l'écran et se recoiffe.

« La caméra est cruelle docteur, elle ne loupe aucun de mes défauts. »

À voir ma gueule en haut de l'écran, je ne peux que donner raison à Suzanne.

« Vous savez docteur, pourvu que comme moi on ait la chance de ne pas vivre en Ehpad, de n'être pas confinée dans le confinement, le coronavirus est une aubaine.»

Accoudée à une table, Suzanne m'adresse un clin d'œil, menton posé sur sa vieille main.

«Je vais vous montrer quelque chose.»

Suzanne filme son balcon exposé plein sud.

«J'ai placé ici une petite table et une chaise, j'y reste des heures, je m'y sens bien.»

Suzanne maîtrise parfaitement le dispositif vidéo, me montre la vue plongeante qu'elle a depuis les vingt mètres de hauteur où elle domine la rue. Je lui montre en retour mon cabinet, la vue de la place depuis ma fenêtre.

« Entendez-vous, docteur, le clapotis des fontaines ? C'est la première fois en quarante ans que j'entends leur musique sur la place de l'Hôtel-de-Ville.»

Suzanne zoome dessus. Je reconnais cette fontaine, elle se trouve à deux pas de la mairie, Maryline y faisait la manche avec Rocky et Apollo. Serge aussi.

«Je vous offre le silence de la ville et le chant des oiseaux, docteur. Vous le constaterez par vous-même, il n'y a plus un pare-brise sur lequel chier, les piafs doivent se demander ce qui se passe.»

Suzanne bascule la caméra en mode portrait, regard taquin. Son niveau de langage m'interpelle.

« Oiseaux » d'accord. « Piafs » non. Piafs qui « chient » encore moins.

« Permettez que j'enlève ma polaire, docteur. »

Suzanne quitte son balcon. Retour dans son séjour où elle pose son portable, j'ai vue sur le plafond. On tire une chaise. Au frottement je devine un parquet – une moquette ne ferait pas ce bruit, un carrelage non plus. L'écran repasse en station verticale. Suzanne porte une chemise avec médaillon autour du cou.

« Je commençais à avoir chaud. »

Elle s'évente face caméra et reprend une gorgée de thé.

« Je vis sur mon balcon comme vivent les pigeons, je tourne la tête, je regarde ce qui se passe, mais attention docteur, vous ne parlez pas avec n'importe quel pigeon, vous parlez avec un pigeon sociologue ! »

Suzanne s'esclaffe, main sur le visage. Après les « piafs qui chient », le « pigeon sociologue ». Quelque chose ne va pas. Suzanne pouffe de rire, poing sur la bouche.

« Ne faites pas cette tête docteur, je dis ça parce que je prends des notes sur mon balcon, déformation professionnelle, j'ai tout le temps mon calepin à la main, je vous montre comment je fais, regardez. »

Suzanne filme la rue.

« Cet homme en bas avec son masque, observez comment il s'insère dans la file devant la boulangerie, comment il s'y prend pour respecter la distanciation qui nous sert dorénavant de lien social, il regarde ses pieds, vous avez remarqué cette *distanciation*, ils disent "gestes barrières, distance", la respecter c'est nous respecter, on ne colle pas son prochain, pas plus que sur la route on ne colle le cul des bagnoles, vous ne trouvez pas ça dingue notre façon de nous passer du contact de l'autre, on dirait que ça nous va, et vous docteur, ça vous va ? »

Suzanne repasse en mode portrait. Son visage est comme ramassé sur lui-même, joues et paupières affaissées, comme son niveau de langage – « piafs qui chient, pigeon sociologue, cul des bagnoles ». J'aimerais comprendre. Je ne sais pas comment m'y prendre.

« Suzanne, sortez-vous de chez vous, parce que j'imagine que vous ne faites pas que rester au-dessus de votre objet d'étude à l'observer ? »

Suzanne porte le mug à ses lèvres et s'essuie la bouche avec le dos de la main, son débit est rapide : « Aux horaires d'ouverture des magasins dits essentiels, ça se met à bouger sans faire de bruit sous mon balcon, *sans faire de bruit*, vous comprenez ?

— Non Suzanne, je ne comprends pas, ça ne répond pas à la question que je vous pose, savoir s'il vous arrive de sortir, d'arpenter la rue sous votre balcon, de devenir une consommatrice ; à la retraite et n'ayant pas de chien à promener il ne vous reste que ça pour vous extraire du confinement, consommer, une heure de promenade dans un rayon de un kilomètre, j'imagine que vous sortez acheter des produits de première nécessité. »

Les traits de Suzanne se crispent.

« Avant le covid, docteur, tout était nécessaire. Depuis, le virus a fait le nettoyage. Il dit quoi le virus ? Il dit l'épicerie, le primeur, la boulangerie et le traiteur relèvent du nécessaire. Le Flying Tiger, les boutiques de fringues et de portables vous vous en passerez. Sans compter le reste. »

Suzanne plonge le regard dans son mug.

« Quel reste, Suzanne ? »

Suzanne disparaît. Cette fois j'ai vue sur les tranches de livres de sa bibliothèque. J'essaie de distinguer auteurs et nom des œuvres.

« Retournons sur mon balcon, docteur. »

Suzanne réapparaît et emmène le décor avec elle. Ça me flanque le tournis.

« Je dois vous montrer la poste, docteur. La poste c'est nécessaire, c'est très nécessaire. Regardez. »

Suzanne filme des barrières dressées devant le bureau de poste.

« Vous aurez remarqué comme elles forment un gigantesque labyrinthe chargé de discipliner le public, on se croirait à Orsay ou avant un concert, les gens à la queue leu leu, vous êtes d'accord avec moi ?

— Oui, mais je ne suis pas certain de vous suivre.

— Observez-les, docteur, et dites-moi ce que vous voyez.

— Du monde, Suzanne.

— Du monde oui, et dans ce monde on se tient à bonne distance les uns des autres ; mais là n'est pas le plus important, il faut avoir habité comme moi ce balcon depuis des siècles pour remarquer que ce reste dont je vous parle n'existe plus. »

Suzanne repasse en mode portrait, les muscles de son visage négocient leur équilibre. Bascules et changements de lieu me fatiguent. En présentiel, Suzanne se contenterait d'utiliser les mots pour représenter les choses. Elle ne changerait pas d'endroit pour me parler. En téléconsultation, elle prend des libertés, elle me balade, bibliothèque, plafond, cuisine, balcon, fontaine, boulangerie, centre-ville, poste et maintenant retour à son visage qui se dégrade à mesure que la séance se déroule.

« Alors docteur, ce reste qui manque, vous avez trouvé ?

— Non.

– Les SDF docteur, ils ont disparu. Les barrières que je vous ai montrées recouvrent l'aire où les marginaux du coin se regroupaient. »

Suzanne boit une gorgée de son mug.

« Et cet arbre devant la poste, docteur ? (Suzanne zoome dessus.) Les SDF pissaient contre, la municipale laissait faire, mais ce flic posté là depuis quelques jours. (Suzanne fait un gros plan dessus.) Il est là pour rentrer dans le crâne de tous ces marginaux que c'est terminé. (Réapparition du visage de Suzanne.) La municipalité a gagné, que dites-vous de tout cela, docteur ? »

Je tais à Suzanne que la misère s'est déplacée hors champ, 100 mètres plus loin, côté office du tourisme, que c'est sur une petite place pavée dans un angle mort de son balcon que Ben et moi allons trouver Serge, Maryline et les autres, agglutinés sur vingt mètres carrés de mobilier urbain. Suzanne repose sa tasse.

« Alors docteur, qu'en dites-vous ?

– J'en dis que vous êtes triste. »

Suzanne scrute son mug.

« C'est vrai, ça me rend triste leur absence sous ma fenêtre. (Elle triture son médaillon.) Les voir me rappelait Daniel, j'avais l'impression que mon fils était encore là. (Le regard de Suzanne se perd.) Lui rendre visite ne fait pas partie des options à cocher sur l'attestation dérogatoire de déplacement, c'est pour ça que je suis allée au cimetière le dernier matin avant le confinement, je voulais lui dire au revoir, ainsi qu'à son père, je fais d'une pierre deux coups quand j'y vais. Si ça se trouve, c'était la dernière fois que je leur rendais visite. »

Suzanne rit.

« Pourquoi riez-vous, Suzanne ?

– Parce qu'il me vient une pensée, docteur. Chaque fois qu'elle me vient, cette pensée me fait rire. Après la prison et la rue, l'héroïne a conduit Daniel au cimetière le jour où la prostate de Mitterrand l'a mené au tombeau. Mon mari l'admirait, je parle de Mitterrand, il aimait davantage le socialisme que son fils. Mon mari a beaucoup pleuré le jour de la mort de Daniel : je n'ai jamais su si ses larmes étaient pour notre fils ou Mitterrand. Moi je ne vaux guère mieux. Il n'y en a toujours eu que pour mon travail. (Suzanne joint les mains en prière devant son visage.) Le corps de Daniel attendait depuis deux jours sous notre balcon, dans ce qui est devenu la boulangerie que je vous ai montrée tout à l'heure. Dans les années 1990 c'était une dent creuse, squattée par mon junkie de fils qui espérait que je le prenne par la peau du cul et que je le ramène à la maison à coup de baffes dans la gueule. Mais, voyez-vous, sa mère préférait bouquiner et corriger des thèses pendant que son fils se shootait. »

Suzanne se lève.

« Vous allez me prendre pour une folle mais être confinée sur mon balcon me fait l'effet d'être Dieu, voir sans être vue, je ne m'ennuie jamais. Le covid me donne le sentiment que ma vie ne fait que commencer. Ce virus est une bénédiction. Comment expliquez-vous que depuis le début de l'épidémie, je n'ai plus mal dans le corps ? Le virus me débarrasse de mes douleurs. (Suzanne touche le médaillon autour de son cou.) Vous m'avez demandé si je sortais, docteur ? Oui je sors, tous les après-midi vers 16 heures. Je prends direction le cimetière, ses hauts murs. Arrivée à hauteur d'un platane sur lequel j'ai fait une marque au couteau, je sais que de l'autre côté du mur il y a mon fils, alors je m'arrête, je m'adosse à l'arbre, je ferme les yeux et je pense à lui. Je sors mon smartphone. Dessus, j'ai préparé *Blowin'in the Wind* de Dylan. Je mets la chanson. Je fais passer les mots de Dylan par-dessus les remparts du cimetière. J'essaie de me rappeler la voix de Daniel qui s'accompagnait à la guitare, il adorait ce morceau. Dans cette chanson, Dylan se demande combien de fois un homme devra regarder en l'air avant de voir le ciel, combien d'oreilles lui faudra-t-il avant d'entendre pleurer les gens, combien de morts avant de comprendre qu'ils seront toujours trop nombreux. Et cette question surtout : combien de fois un homme tournera la tête en prétendant qu'il ne voit rien ? »

Suzanne triture son médaillon. Ses yeux me fuient, noyés dans le mug qu'elle porte à ses lèvres.

« Que buvez-vous, Suzanne ?

– Du thé, docteur.

– Et si je vous demandais de le jurer sur la tête de Daniel ? »

Suzanne repose son mug : « J'ai replongé, docteur.

– Peut-être pourrions-nous en parler ?

– Oui docteur, ce serait bien. »

12

J'abaisse le pare-soleil. Appuyée contre la vitre passager du camion, ma tête vibre au rythme du moteur. Ben roule en Ray-Ban. Il n'a pas décroché un mot depuis le début de notre maraude. Troisième fois que nous passons devant le théâtre. Mon œil glisse sur la ville, ses façades, les rideaux de fer baissés sur les boutiques et les arbres en fleurs dans les jardins. Nous brûlons du gasoil dans une cité fantôme. L'intelligence de notre travail m'échappe. Une voiture de flics nous croise. À son bord, deux policiers portent un masque de bricolage. Ben lève la main. Les policiers nous saluent.

« Depuis quand on salue les flics, Ben ?!

– Depuis qu'on a en commun de ne pas savoir pourquoi on roule. »

Ben allume l'autoradio. Manu Dibango. Il monte le son. Le saxophone du *Soul Makossa* à plein volume ça veut dire *Ferme-la, tu me casses les pieds.*

Je me tais.

Ben tourne à gauche dans le rond-point.

« On va où comme ça ?

Voir Loïc. »

Je pose à nouveau ma tête contre le froid de la vitre. Un homme javellise le trottoir à grande eau, le premier être humain croisé depuis vingt minutes. Le camion s'arrête sous le pont de la gare. Nous marchons direction les anciens abattoirs. Le wagon que Loïc squattait a sa porte grande ouverte. Ben désigne un grand bâtiment à l'abandon.

« C'est là-bas, un peu plus loin sur la gauche qu'on l'a trouvé. »

Un sentier couvert d'herbes hautes mène au pied des anciens abattoirs. Ben me montre une tache marron sur le gravier : « Son corps gisait ici. » Des yeux, je remonte la piste jusqu'au wagon. Qu'est-ce qui a bien pu pousser Loïc à venir se faire trancher la gorge ici ? J'observe Ben s'enfoncer dans la végétation, s'accroupir, fouiller le sol et revenir une limace entre les doigts : « Je t'invite à aller vérifier, y en a des dizaines comme ça, les herbes sont encore humides des pluies de la semaine dernière, si Loïc est venu c'est pour pique-niquer, je vois que ça. »

Nous retournons au camion.

Ben met la clé dans le Neiman. Il tâte sa poche.

« Le portable pro, merde, il est où ? »

J'ouvre la boîte à gants : rien.

« Putain j'ai perdu le portable pro dans les herbes ! »

Ben s'affole. Je compose notre numéro. Ça sonne sous son siège. Ben le ramasse : « On a eu trois appels en absence du 115, je les rappelle. »

Ben met le haut-parleur.

« Allô ?!

– Angélique, c'est Ben, tu as essayé de nous joindre ?

– Oui, Steve déconne à plein tube, il menace de mettre le feu à la résidence, j'y suis, vous pouvez me rejoindre ? »

On arrive tout de suite.

Le camion effectue un demi-tour sur le gravier. Ma main agrippe la poignée de maintien. De Steve nous ne savons pas grand-chose sinon qu'il a vu le jour il y a vingt-six ans dans la cour d'un coron entre une mobylette et un bidon d'huile de vidange, que Steve aurait pu échapper à son destin de tête cramée si sa mère avait accouché dans de meilleures conditions, une maternité par exemple, qu'il aurait pu s'en sortir si elle n'avait pas ébouillantée sa joue par accident, ce qui aurait évité à Steve d'être moqué de tous et aimé de personne, parce que la dernière fois que Steve a daigné nous parler c'était à sa sortie de prison, quelques jours avant le confinement, il nous a dit qu'il aurait « aimé être aimé » de sa mère qu'il n'a plus le droit d'approcher après lui avoir détruit le visage à coup de fourchette, qu'il aurait aussi « aimé être aimé » de son père dont il ne saura jamais rien, ni le nom qu'il portait ni la gueule qu'il avait car Steve ne dit pas visage mais « gueule » et ponctue du mot « couille » chacune de ses phrases – « si je chope mon bâtard de père je lui crame sa gueule sur la vie de mes couilles », dernière phrase entendue de la bouche de Steve.

La résidence sociale se trouve à l'autre bout de la ville. Ben me tend sa paume de main : « Tu paries combien qu'il va mettre le feu ? » Je tope : « Steve ne le fera pas, sinon c'est retour à la case prison. »

Nous prenons les boulevards. À l'entrée d'un rond-point, un policier nous fait signe de nous garer.

« Papiers et attestation, s'il vous plaît. »

Ben les sort. Je montre notre ordre de mission permanent.

« C'est bon, vous pouvez y aller. »

Ben redémarre. Le flic nous fait signe de revenir. J'ouvre la vitre à sa hauteur.

«Quitter un stationnement sans mettre votre clignotant constitue une infraction au code de la route.

– Nous avons une urgence, un type qui menace de mettre le feu à sa résidence.

– Mettre votre clignotant n'aurait pas ralenti votre intervention, la prochaine fois c'est une contravention, circulez.»

Ben met son clignotant, démarre et roule l'œil sur le compteur. J'abaisse mon pare-soleil. Je rêve d'un magasin où acheter une paire de Ray-Ban. Un homme assis contre un feu rouge nous fait signe. Nous arrêtons le camion. Je baisse ma vitre: «Serge, qu'est-ce que tu fais là?»

Serge enlève ses lunettes.

«Ton Scotch de l'autre fois commence à se barrer, ton pote qui conduit ferait mieux de me filer ses lunettes.»

Ben se penche: «Ah oui? Et pourquoi je devrais te filer mes lunettes!?

– Parce que si les flics qui patrouillent te font souffler dans le ballon, ça te fera deux verres en moins!»

Serge rit. Il lui manque les dents du fond. Sa main frappe sa cuisse.

«On a une intervention, on repasse dans une demi-heure et on essaie de réparer tes lunettes, ça te va?

– Adjugé!»

Serge sort une clope de sa veste et nous fait signe d'y aller. Le feu passe au vert. Nous démarrons. Je rallume la radio. Un journaliste évoque le chiffre de 1 416 décès recensés hier. Je coupe.

Le véhicule du 115 et Angélique sont en vue. Ben fait un appel de phares et se gare. Les basses d'une musique techno font trembler jusqu'au feuillage des arbres sur le trottoir. Angélique montre la fenêtre de l'appartement de Steve au troisième étage: «Je ne sais pas comment il fait pour tenir là-dedans.

– Il est seul je présume?

– Oui, ça fait une heure que ça dure.»

Un curieux au premier étage nous observe derrière sa fenêtre. Je demande à Angélique si elle a pu parler avec lui.

«Oui, en entrée j'ai eu le droit à "assistante sociale de mes couilles", en plat de résistance "à grosse pute" et en dessert à ça.»

Angélique montre sur le trottoir les morceaux de ce qui devait être un grille-pain. Ben forme un entonnoir avec ses mains: «Steve, c'est Ben de l'équipe mobile, on est venus discuter avec toi.»

Steve monte le son de sa techno hardcore.

«Donne-moi les clés du camion Ben, on va l'hospitaliser, pas le choix.»

Je grimpe dans l'habitacle, je m'enferme. Les basses font vibrer les carreaux. Mains sur l'avertisseur au centre du volant, j'appuie en rythme : à chaque basse un coup de klaxon. Je singe sa musique, seule solution trouvée pour le faire sortir de chez lui, l'hospitaliser et lui éviter un retour en prison.

Steve coupe son crincrin et surgit à sa fenêtre. Il a rasé l'intégralité de son crâne.

« Vous vous foutez de ma gueule hein, c'est ça ?! »

Je sors du camion : « Descends s'il te plaît, on voudrait te parler.

– Je vais brûler ta mère sale toubib de mes couilles ! »

Steve s'absente, revient et balance une télé dans notre direction. L'écran explose devant le hall d'entrée.

« Confinement de mes couilles ! »

La musique reprend, les basses déflagrent tout. L'homme au premier étage écarte ses rideaux. Il ouvre sa fenêtre : « Vous êtes qui ?

– Nous sommes soignants, notre amie travaille pour le 115. »

Angélique salue l'homme.

« Vous auriez une imprimante chez vous ?

– Oui, pourquoi ?

– Je peux l'utiliser ? »

L'homme dresse son pouce. Je dresse le mien. Je sors du camion l'ordinateur portable et me tourne vers Angélique : on va hospitaliser Steve contre son gré, Soin sur décision du représentant de l'État, l'idée est d'attribuer la conduite de Steve à sa souffrance mentale pour lui éviter le retour en prison. Steve réapparaît.

« Allez-vous faire enculer profond ! »

Il balance une chaise. J'ouvre ma session.

« Angélique, donne-moi les éléments biographiques principaux pendant que je rédige le certificat médical. »

Une table de chevet vole.

« Sa date de naissance, s'il te plaît. »

Angélique ouvre son téléphone, elle lit. Je frappe le clavier à toute vitesse, j'y entre mes nom et prénom, je note qu'*après avoir examiné ce jour M. Steve Baral, né le 23 juillet 1993, étant entendu que je ne suis ni parent ni allié jusqu'au quatrième degré inclusivement avec lui ou avec le directeur de l'établissement qui l'accueillera* – un matelas passe par la fenêtre au cri de « allez manger vos morts je vais tout cramer » – *j'atteste que les troubles mentaux du sujet rendent impossible de consentir aux soins urgents que nécessite son état mental. Ce dernier impose son admission immédiate en service de soins psychiatriques pour risque grave d'atteinte à l'ordre public en application de l'article L 3213-1 du Code de la santé publique* – des ustensiles de cuisine pleuvent, de la bouffe, un mini-frigo. *J'atteste que le sujet sorti de prison deux semaines avant le confinement est en proie à une agitation maligne dans son logement. Cette crise clastique met en danger la sécurité du sujet et celle des occupants des lieux et correspond en tous points à un état de fureur maniaque* – une couette vole. *On constate une absence totale de maîtrise pulsionnelle. Cette perte de contrôle se traduit par des jets de mobilier et d'objets sur la chaussée et la menace réitérée de s'immoler chez un sujet brûlé à la joue après sa naissance. On notera que le sujet à peine sorti de six années d'incarcération pour tentative d'homicide sur sa mère dans un contexte délirant a déjà tenté plusieurs fois de se suicider en avalant des lames de rasoir et a été hospitalisé en psychiatrie pour phlébotomie à l'aide d'une boîte de conserve.*»

«Ils arrivent.»

Angélique nous montre le bout de la rue. Je me retourne. Des gyrophares bleus. Je me dépêche de relire. Je dis à Ben: «Reste ici et explique aux flics qu'une hospitalisation en SDRE se prépare, moi je monte chez le voisin imprimer le certificat.»

Je fais signe au type à sa fenêtre de débloquer le verrou du bas. J'enfile mon masque en tissu, je pousse la porte et grimpe l'escalier quatre à quatre. Une porte sur le palier est ouverte. L'homme m'invite à entrer.

« Merci, votre ordinateur, je peux y brancher ma clé USB ? »

L'homme met l'imprimante sous tension et insère ma clé. Les rails des cartouches s'alignent. Je regarde par la fenêtre. Ben et Angélique discutent avec la police. Ici, les basses de Steve s'entendent moins, le logement du dessus fait tampon. Le certificat sort. Je le signe et remercie pour l'hospitalité. Je redescends l'escalier. Je compose le 15. Je pousse la porte du hall. Je vérifie au-dessus de moi : pas envie de mourir écrasé sous une commode. Le régulateur du SAMU décroche. Je décline mon identité, ma profession, j'explique la situation.

« On envoie une ambulance. »

Je raccroche. Je me dirige vers les policiers : « Voici le certificat, il est en bonne et due forme, une ambulance arrive, les urgences psychiatriques de l'hôpital attendent ce monsieur, va falloir aller le chercher, ça va pas être du gâteau.

— Poulets de mes couilles ! »

Steve balance son sommier.

Nous saluons Angélique, les flics et retournons au camion. Ben remet ses Ray-Ban, moi mon pare-soleil. Je prépare le Micropore pour réparer les lunettes de Serge.

Au feu, Serge n'est plus là.

13

Les enfants jouent. Julie leur demande de se calmer : « Vous me fatiguez déjà de bon matin, arrêtez ça. » Je vérifie pour la troisième fois que j'ai mes papiers et mes clés. Antoine bave bras tendus vers sa sœur : « Je suis infecté par le coronavirus, tu vas mouriiiiir. »

Jeanne tourne dans le séjour autour de la table : « Maman, Tonio veut me manger la tête !

– Pitié les enfants, votre mère est fatiguée, le dimanche on ne hurle pas. Je vais chercher les courses, y aura des fraises Tagada, sauf pour les zombies et les filles qui hurlent. Soyez sages avec maman, je reviens dans vingt minutes. »

Je coche sur mon téléphone la case *Déplacement en vue d'effectuer des achats de première nécessité.* Dehors il fait doux, encore et toujours. Je démarre la voiture. L'autoradio m'agresse : Donald Trump veut des églises bondées à Pâques. Je regarde dans le rétro : personne – comme d'habitude depuis trois semaines. La voix de la journaliste s'emballe au sujet des JO : *C'est la première fois en temps de paix qu'ils sont reportés, sans parler du Tour de France qui pourrait avoir lieu à huis-clos, un huis clos en plein air !* Ça les fait rire en studio. Moi pas. Je baisse le son et je remonte ma rue. Les façades sont tristes sous le soleil. La voix de la journaliste vient me chercher, c'est plus fort que moi, j'écoute : *...la vente des sextoys explose en Chine, les bureaux d'enregistrement des divorces sont pris d'assaut, la fréquentation des sites pornos augmente, sachant que les Chinois ont trois mois d'avance sur l'Europe, divorcerons-nous à l'arrivée de l'été est le sujet de notre prochain rendez-vous de 11 heures, et pour vous en parler nous avons invité...*

Je coupe le son. C'est dimanche, qu'on me foute la paix. Aujourd'hui, pour la première fois, je ne travaille pas, ni au service mortuaire, ni dans la rue, ni au cabinet, *nada*, mon premier vrai jour de repos depuis trois semaines. À part aller chercher les courses, j'ai pour projet de ne rien faire sinon vivre une journée normale de Français confiné, buller, lire, manger de la tarte, regarder un film et faire l'amour – Julie va mieux.

Je roule en troisième. Les rues sont aussi mortelles qu'en semaine. À l'angle où l'église Sainte-Barbe dresse son clocher, je ralentis. Deux corbillards. On enterre même le dimanche. Le préfet est plus bosseur que le Seigneur. Je passe devant une boulangerie. Deux flics en sortent croissant à la bouche. Ça me donne faim. Le créneau de livraison de mes courses c'est 9 heures et j'ai déjà trente minutes de retard. Je laisse la boulangerie. Je roule jusqu'au drive, sa borne. 326 euros à régler. Qu'est-ce que Julie a acheté pour ce prix-là – notre poids en fraises Tagada ?

Je me gare. Nous sommes trois clients à attendre. J'épluche le ticket de caisse : quinze jours de courses pour quatre personnes, aucun excès, Julie a été raisonnable. Je surveille le portail de livraison dans le rétro. Un employé en veste rouge apparaît. Il pousse un chariot dans ma direction. J'enfile un masque, je sors de mon véhicule, j'ouvre mon coffre : « Restez où vous êtes, je viens chercher mes courses.

– C'est comme vous voulez monsieur, je peux les charger.

– Inutile de vous faire prendre des risques. Je range mes courses dans le coffre, je désinfecte votre chariot et je vous le rends. »

L'employé ne bouge pas. Je pousse le chariot. Il est lourd : six packs d'eau, trois de lait, sans compter le reste, une trentaine de kilos. Je charge mon coffre. Avec des lingettes je nettoie la barre du chariot et me retourne vers l'employé.

Qui n'est plus seul. Une deuxième veste rouge a rappliqué, plus âgée, avec une barbe qui dépasse de sous le masque. Je m'approche.

« Voilà, votre chariot est nickel. »

Le barbu s'avance.

« Merci d'ouvrir votre coffre et de rester dans votre voiture la prochaine fois, vous avez lu les recommandations sur notre site, le conducteur reste au volant, l'employé charge les courses, zéro contact, c'est safe pour tout le monde, OK ? »

Julie aura oublié de me transmettre les consignes – ou elle me les aura dites et je les aurai oubliées. Je regarde les deux bagnoles autour de moi, leur propriétaire assis sagement au volant.

« Je suis désolé, je pensais bien faire, je voulais protéger votre collègue.

– Pas grave, mais va falloir qu'on redésinfecte le chariot, ce sont les consignes. »

Je me sens con. Je reprends ma place au volant et je démarre. Faut que je me détende. C'est dimanche. Je vais m'offrir un tour, le sud de la ville, les grands boulevards, un peu de la verdure dont jouissent les habitants de ce quartier bourgeois, imaginer comment tout à l'heure nous circulerons à trottinette en famille sur les trottoirs qui longent le parc interdit d'accès. Trois semaines que les enfants et Julie n'ont pas mis un pied dans la rue.

Je me gare face au parc. J'ouvre Waze. La distance à vol d'oiseau avec notre domicile est d'1,5 km, 500 mètres de trop. Venir ici peut nous coûter 135 euros d'amende, un tiers du contenu de mon coffre, cinq jours de bouffe, le prix à payer pour un peu de verdure. Marre du béton.

Retour à la maison. Julie m'aide à ranger les paquets. Jeanne me saute dessus : « T'as les fraises Tagada, papa ?

– Monte dans ta chambre, brosse-toi les dents et dis à ton frère que dans cinq minutes on prend les trottinettes et on file au parc manger des bonbons. »

Jeanne explose de joie. Je termine de ranger les courses. Jeanne et Antoine sont au garde-à-vous. Je montre le sachet de fraises, je le froisse, ça fait du bruit : « On va les manger au parc, et maintenant chacun sa trottinette. »

Sur le pas de la porte, Antoine hésite à mettre le pied dehors. Jeanne sort la première. Antoine la suit. Julie prend une grande inspiration. Je ferme la porte.

« Je passe devant, on va couper après le pont par les petites rues, Julie tu fermes la course. »

Je descends notre avenue. Les trottinettes des enfants font du bruit derrière moi. Un véhicule du Samu nous dépasse. Son gyrophare bleu tourne, la sirène ne hurle pas. Le malheureux dedans est sans doute déjà mort. Le feu piéton est rouge. Je traverse.

« Y a personne les enfants, on s'arrête pas. »

Nous roulons. Ne pas rester statiques au-delà du kilomètre réglementaire diminue nos chances de nous faire contrôler. Nous empruntons les rues de la vieille ville. Le parc. Un ruban rouge en barre l'accès. Je passe sous la bande, je montre les promeneurs à l'intérieur du parc : « Eux aussi ils fraudent, nous allons nous promener dans ce parc parce que nous en avons besoin, nous ne commettons rien de mal. »

Jeanne et Antoine regardent leur mère. Approbation de Julie. Antoine est excité.

« Je vais faire un tour ! »

Il détale.

« Est-ce que je peux aller dans les jeux, papa ?

– Profite ma chérie, tu les as pour toi toute seule. »

Jeanne court vers le toboggan. Elle s'enfonce dans la cage à écureuils. Antoine bat des records de vitesse quelque part dans le parc. Je serre Julie dans mes bras. Nous nous embrassons sous la lumière ajourée des arbres. Une sirène retentit. Cette fois il y a quelqu'un à sauver. Les doigts de Julie fouillent mes cheveux. Sa langue cherche la mienne. Je colle mon bassin contre le sien. Mon corps a envie d'elle. Jeanne tire ma veste.

« Papa ?
– Tu ne vois pas que je suis en train de discuter avec ta mère ?!
– Regarde ! Y a Romane là-bas, tu peux me donner les fraises Tagada comme ça je lui en donnerai ? »

Je lui tends le sachet. Si Romane est dans ce parc, ses parents aussi. Je repère Thomas, sa grande silhouette à laquelle je fais signe, et Virginie aussi, qui court derrière sa fille et crie : « Non Romane, reste-là ! »

Julie et moi filons à leur rencontre. Thomas retient sa fille par le manteau : « Tu ne les approches pas, c'est compris ? »

Ma fille tend son sachet de fraises : « T'en veux une, Romane ? »

La petite lève les yeux vers son père – qui dit non.

Jeanne se tourne vers moi : « Pourquoi Romane elle peut pas prendre un bonbon ? »

Thomas et Virginie ne répondent pas. Je m'accroupis devant ma fille.

« Le papa et la maman de Romane ont peur de tomber malades en cas de contact avec nous. Pour le moment, il ne peut pas y avoir de contact entre les familles, c'est comme ça, nous devons rester à distance les uns des autres. La bonne nouvelle c'est que ça te fait plus de bonbons, tu peux en prendre cinq d'un coup si tu veux, profites-en ! »

Nous prenons congé de Thomas et Virginie. Jeanne court, main dans le sachet, son corps sautille dans l'allée au milieu des fleurs. J'adore ses petites jambes, ses petits pieds dans ses baskets.

« Poussez-vous ! »

Antoine arrive derrière nous. Julie et moi nous rangeons sur le côté. Il met toute la force de son 1,45 m au service de sa trottinette. Julie me prend la main.

« C'est dimanche, profitons. »

14

Tout bruit de fermeture Éclair désormais m'insupporte. Mireille zippe la housse. Je desserre les freins du brancard. J'ôte le témoin de présence dans le box des urgences. Des corps que nous évacuons, je ne veux rien savoir, ni leur nom ni leur prénom. À moi le débranchement du corps, le nettoyage du scope, l'aide au houssage, leur convoyage ; à Mireille le reste. Vingt minutes par corps, pas plus. Nous sommes au pic épidémique.

Mireille ouvre la porte. Devant le box, Éric me fixe, les yeux rouges de fatigue : « C'était mon voisin, un mec bien. »

Éric a envie de parler. Je ne l'écoute pas, ses mots ricochent. Je suis atteint de surdité pare-balles. Je hoche la tête par courtoisie : « Je suis désolé pour ton voisin, Éric. »

Je dis ça comme ça, sans réfléchir, car au fond de moi je ne suis pas désolé. Aucune désolation ne m'abîmera : j'ai une femme, des enfants, un cabinet, des patients, des crédits, je me protège. Éric a besoin de parler et moi de ne pas l'écouter alors je hoche la tête. « Oui oui, Éric. » Je le regarde bouger les lèvres. D'Éric sortent des mots et des phrases que mon cerveau désosse avant que je les comprenne. De son discours il ne reste rien, juste un prénom, *François*, le prénom de mon frère, un prénom qui me bouleverse, j'imagine mon frère dans cette housse. Je ne sais pas comment interrompre Éric. Il a la fièvre aux yeux, les paupières gonflées. Éric est triste. Sa douleur ne m'émeut pas. Elle devrait. On a sectionné un nerf en moi. Je me concentre sur ses cernes, son visage amaigri, ses sabots en plastique. Éric a rapetissé, nous nous tassons de semaine en semaine.

« Et toi, tu tiens ?

– Je tiens Éric, je te remercie. »

Éric craque, main sur les yeux. La mienne voudrait se poser sur son épaule : impossible, il y a barrière au geste.

« Tu peux m'appeler si tu veux. »

Je dis ça sans conviction. J'adresse à Mireille le signe qu'il est temps de nous en aller. Nous filons. Éric ne m'appellera pas. Dans deux minutes ça ira, pas mieux, mais ça ira, tout court, nous serons passés à autre chose, appelés par le feu, occupés à éteindre les flammes, moi dans les étages où deux corps nous attendent, lui à intuber et à ventiler.

Nous tournons à gauche. Le couloir qui mène à l'ascenseur est encombré. Des corps partout. Je heurte le brancard d'un homme sous oxygène. Il râle. « Excusez-moi, monsieur. » Mireille range les vivants contre les murs. Déplacer les corps prend du temps. Elle les bouge avec calme, un mot gentil pour chacun : « Je vous place là, vous serez mieux, on s'occupe de vous, ça va aller. »

J'admire cette femme, elle ne se plaint jamais. Nous repartons. Leurs visages me rendent fou. Je ne veux pas les regarder – pour ne pas avoir à les reconnaître une fois morts. Je leur souhaite de tenir, ou d'aller rendre l'âme là-haut, dans une chambre – tout mais pas dans le capharnaüm de ces lieux.

Les portes de l'ascenseur s'ouvrent. Nous descendons, direction le camion. Je dépasse Mireille devant le salon funéraire. Elle m'arrête : « Où tu vas comme ça ?

– Au camion.

– Et le gamin ?

– Quel gamin ?

– Ton collègue, tu lui as dit oui pour son fils. »

Mireille désigne le corps.

« J'ai dit oui à quoi ?

– Tu le fais exprès ?

– Non Mireille, je te jure.

– Le fils du gars dans la housse, tu l'as autorisé à voir son père, il attend dans le salon funéraire avec sa mère, tu viens de donner ton accord à Éric. »

Je ne comprends rien de ce que me dit mon binôme : « Je suis fatigué Mireille, je n'ai rien écouté.

– Le type qu'on vient de housser est le voisin de ton collègue, il t'a demandé de faire une exception, de déhousser le corps, de laisser le fils se recueillir, tu as dit oui, tu t'en souviens maintenant ? »

J'aurais accordé un adieu au visage alors qu'il est impossible. Mireille me fixe.

« Qu'est-ce qu'on fait ? »

Sa question est posée sans malice. Je me tourne vers le corps.

« On le met au camion, j'expliquerai au fils que ce n'est pas possible, qu'il y a eu un malentendu. »

Mireille m'accompagne jusqu'au camion frigorifique. Le corps est rangé avec les autres. Nous regagnons l'entrée du salon funéraire.

J'entre le premier. Une dame patiente sur une banquette, masque sur le visage. À côté d'elle un homme chauve, masqué lui aussi, de petite taille et voûté. Il touche les feuilles plastifiées d'une orchidée. Au-dessus d'eux, un poster avec un soleil couchant.

« Bonjour madame, bonjour monsieur. »

La dame me salue. L'homme continue de caresser la plante.

« C'est mon fils, il est handicapé. »

Je m'assois sur la banquette face à eux. Mireille prend place à mes côtés.

« Ma collègue et moi vous présentons toutes nos condoléances. »

La mère nous remercie. Elle surveille son fils, passe la main dans son dos : « On va pouvoir dire au revoir à papa, François, tu es prêt ? »

Sa mère nous prend à témoin : « Je lui ai expliqué pour son père, mais François ne comprend pas.

– Je suis navré, madame, il ne va pas être possible de voir le corps de votre mari. »

La dame sort son portable. Elle me lit le message envoyé par Éric il y a quelques minutes.

« Je suis confus, il y a eu un malentendu, je n'ai pas compris ce que me demandait mon collègue, c'est de ma faute, la loi nous interdit de vous laisser voir le corps, je sais que c'est dur, mais c'est pour tout le monde comme ça, je suis navré. »

La mère de François se laisse tomber dans la banquette. Son fils joue avec l'orchidée. Il aimerait enfoncer son doigt dans la terre en plastique. La mère enfouit son visage dans les mains. « Je suis désolé madame, vraiment » – et il est vrai que cette fois je suis désolé. Mireille et moi nous regardons. La mère frotte ses yeux et se lève.

« Viens François, on s'en va. »

Le fils reste assis, l'orchidée dans les mains.

« Lève-toi François, on retourne à la maison. »

La mère passe la main sous l'épaule de son fils. François balance la plante et arrache le poster.

« Ça suffit, François ! On retourne à la voiture. »

François jette son masque. Il tape du pied. Ses yeux hésitent entre Mireille et moi. Il crie. Sa mère reste calme.

« Arrête de mal te conduire, tu entends ? »

Le fils lève la main.

« Je t'interdis de me menacer ! Papa serait pas content de t'entendre crier comme un animal, qu'est-ce qu'il dit toujours papa ? De pas crier, tu n'es pas un animal, tu t'appelles François, tu es notre fils, tu te conduis comme papa et moi on t'a appris, compris ? »

François baisse la tête. Il grogne. Son pied s'écrase sur la table basse. Mireille chuchote à mon oreille : « Reste avec eux, je vais chercher Isabelle. » Je ne lâche pas François des yeux, on dirait un sanglier, son corps pourrait tout retourner. Je regarde sa mère campée sur ses pieds, ses mains à elle sur ses épaules à lui, elle enlève son masque. Ses yeux affrontent ceux du fils. François frappe le sol.

« Arrête ça tout de suite. »

François piétine le poster.

« Papa est mort, je te l'ai expliqué dans la voiture, mort ça veut dire qu'il n'est plus là, maintenant on s'en va, tu me suis. »

François s'envoie un coup de poing dans la figure. Je m'avance. La mère me dissuade d'intervenir.

« Je t'interdis de recommencer, tu n'as pas le droit de te faire du mal. »

François se porte un second coup au visage, il vacille. Sa mère hausse le ton.

« Ouvre ta main. »

François secoue la tête.

« Ouvre ta main où je dis à papa ce que tu fais. »

François présente sa paume de main.

Sa mère la gifle.

« Ça, c'est pour t'être donné un premier coup de poing. »

Elle frappe une seconde fois.

« Ça, c'est pour avoir recommencé alors que papa et moi on te l'a déjà dit, c'est interdit de se frapper, interdit, tu comprends ?! »

La mère lève les yeux vers moi. Son regard porte au-delà. Je me retourne. Mireille est accompagnée d'Isabelle.

« Docteur, allez chercher le corps s'il vous plaît. »

J'observe Isabelle. Mireille me tend les clés du hayon. Je quitte le salon, direction le camion.

M'est ordonné d'accomplir ce que j'aurais volontiers accompli s'il ne nous était formellement interdit de l'accomplir. Je pousse le brancard jusqu'à l'entrée du salon. François est recroquevillé de dos dans un coin de la pièce. Il a été habillé d'une surblouse, la mère aussi. Isabelle me demande si le corps est visible.

« Oui.

– Faites-le entrer. »

Mireille me tient la porte. Isabelle déblaie des morceaux de poster et de plastique, qu'elle jette dans une poubelle. Elle écarte la table basse. Le corps est placé au milieu du salon. François se balance. Mireille ouvre la housse. La mère s'en approche. Isabelle l'arrête.

« Restez à distance, on est hors les clous, vous avez deux minutes, on reste avec vous, votre fils ne doit surtout pas toucher le corps. »

La mère hoche la tête.

« François, viens s'il te plaît, retourne-toi, papa est là, je vais t'expliquer. »

François se retourne. Ses yeux roulent. Il baisse les épaules, desserre les poings. Sa bouche tombe. Il regarde le corps, sa mère.

« Tu peux dire au revoir à papa si tu veux, il dort, il ne se réveillera plus, c'est ça être mort, mais je t'interdis de le toucher, papa serait fâché si tu le touchais, tu n'as pas le droit de le toucher. »

François rejoint sa mère, qu'il prend par la main. Il fixe son père. J'ignore ce qu'il voit, s'il voit les mêmes choses que moi. François essuie son nez qui coule. Ses lèvres boudinées découpent des sons, des « pa », des « papa » impossibles à articuler à cause de sa grosse langue qui dérape. François lève les mains au-dessus de son père : il agite ses doigts, découpe des formes dans l'air, exécute des gestes et puis s'arrête. Il tire sa mère vers la sortie.

« Attends François, laisse-moi une minute, que je dise au revoir à papa. »

François tire.

« J'aimerais dire au revoir à papa, s'il te plaît. »

François grogne. Sa mère nous regarde. « Merci beaucoup. » Elle pose la main dans le dos de son fils et disparaît. Isabelle observe le corps. Mireille zippe la housse. Le bruit de la fermeture Éclair me fait mal aux mâchoires.

15

Nous roulons vers le foyer d'urgence : Tony. Je vérifie le nombre de gants dans la valise, vingt paires, parfait. Les masques : où sont-ils ?

« Merde ! Ben, j'ai oublié le nouveau paquet de masques dans la remise, il n'en reste que cinq. »

Ben roule, concentré au volant.

« Pas de panique, on repassera au local en amenant Tony à sa consultation, il consomme un masque toutes les dix minutes, ça nous laisse une petite heure, ça devrait aller. »

J'abaisse mon pare-soleil. Je cale tête et dos contre mon siège. Le soleil irradie du matin au soir les artères du centre-ville. Nous roulons dans un no man's land d'enseignes fermées et de décisions absurdes : les hygiénistes de l'hôpital ont décrété que nous ne pouvions pas être plus de deux en voiture, un à l'avant, un à l'arrière – « C'est sans discussion », m'a rappelé Isabelle avant de partir, j'avais le téléphone vissé à l'oreille, je préparais notre valise de soins, elle a insisté : « Vous savez comme moi docteur que plus de deux dans le même habitacle c'est interdit, ça augmente le risque de contracter le virus donc il faut choisir, ou c'est vous qui prenez le volant et Benoît reste au local, ou c'est Benoît qui conduit l'usager à sa consultation mais vous ne pouvez pas être trois dans le camion. »

Nuque cassée, téléphone coincé entre épaule et oreille, j'ai dit à Isabelle : « Peu importe qui de moi ou Ben conduira, on ne peut pas laisser Tony se débrouiller seul à l'arrière du camion, son état s'est dégradé, il faut quelqu'un pour l'assister.

– Vous connaissez la règle docteur, bonne journée. »

Et Isabelle a raccroché avant que je confirme que oui je connaissais la règle et qu'on pouvait même s'arranger avec elle, sortir un mort d'un camion frigorifique et le déhousser pour le montrer à sa famille par exemple. J'ai rangé le portable, sorti un tube de Nifluril, enduit la contracture à mon cou pour diminuer la douleur et c'est là que j'ai oublié le paquet de masques.

Nous regardons la route, assis côte à côte à l'avant du camion. Ben allume l'autoradio : « Tu nous mettrais pas un peu de musique avec ton téléphone ? » J'appaire mon portable et je lance

Bobby Fuller, *I fought the Law*. Je monte le son. Le roulement de la batterie me fait oublier ma douleur à la nuque, mon pied frappe le plancher, Ben bat la mesure sur le volant. La guitare de Bobby me donne envie de chanter. Nous baissons nos vitres, l'air s'engouffre, de l'air chaud. Je martèle en rythme la tôle de la portière. Ben siffle la mélodie, je connais les paroles par cœur, l'histoire d'un mec parti casser des cailloux sous le soleil. À deux à l'avant du camion, nous aussi on a l'impression de subir sous le cagnard. Je chante, et Ben s'y met aussi. Je lui dis : « Tu vois le feu rouge à 100 mètres, eh bien soit on se le tape et ce sera une journée de merde, soit il passe au vert et on n'aura plus qu'à faire un vœu et toute cette pandémie sera terminée. »

Ben hoche la tête. Le feu passe au vert.

Nous nous garons devant le foyer. Je descends du camion valise à la main. Ben pousse la grille. Tony est en train de se rouler une clope sur un banc au milieu de la cour. Sa main sortie de son pot à tabac nous salue. Je pose la valise près du banc. Tony checke nos coudes.

« Prêt, Tony ?

– Je crois que oui. »

J'enlève son masque. Des viscosités s'étirent entre tissu et visage. Ben enfile des gants, prend une pince, des compresses et nettoie. À la place du nez, un trou duquel s'écoule un liquide brunâtre produit par la tumeur qui ronge les sinus de Tony et pousse son œil sur le côté. J'ouvre un sac-poubelle. Ben y jette la compresse.

« Je ne te fais pas mal ? »

Tony dresse le pouce : « C'est un régal, cousin. »

Tony est un battant, il ne se plaint jamais. Il y a quelques mois, devant son banc, quand Tony avait encore les yeux en face des trous avec un semblant de nez, nous étions venus le chercher pour sa première séance de radiothérapie. Il frappait le vide de ses poings. Avec sa gueule de boxeur, il fléchissait les genoux et nous montrait comment exécuter le geste qui sauve quand le match est mal engagé – « Ce geste lent cousin, celui qu'on t'apprend dans un coin de la salle au milieu des sacs de frappe quand il se fait tard et que tout le monde est parti, tu vois de quoi je parle ? » Non, Tony. « La botte secrète cousin, le Graal du boxeur, un geste qui part du ventre tandis que ton regard ne quitte pas les yeux de l'adversaire sur le ring, tu le regardes et pendant ce temps ton poing trace une courbe en cloche qui part de très très bas pour fracasser le visage par le dessous, l'uppercut cousin, c'est avec ça que je vais lui mettre sa race à la tumeur, elle va rien comprendre, ce sera comme quand j'ai mis KO l'héroïne y a vingt-cinq ans. » Tous les trois jours pendant deux mois,

Ben a conduit Tony à sa séance de rayons. À mesure que les cellules ont continué de proliférer malgré le traitement, Tony s'est épuisé, il a fini par jeter l'éponge et nous dire: « C'est la deuxième fois de ma vie que j'abandonne, la première c'était après l'annonce de mon VIH à la mère de ma fille, elle a foutu le camp en prenant la petite sous le bras, je me suis pas battu, j'avais pas le droit de peser sur elles, le plus dur aujourd'hui c'est ma fille. Cette photo c'est tout ce qui me reste d'elle, elle a été prise le jour de son anniversaire, elle a 10 ans là-dessus, c'était un mois avant que sa mère s'en aille. »

À l'arrière du camion où nous venons lui et moi de nous asseoir, Tony contemple la photo dans sa main. Il regarde sa fille s'apprêter à souffler ses bougies. Je l'observe, son masque déjà rempli de sécrétions. J'ouvre le sac-poubelle à mes pieds, j'enfile une paire de gants, Tony enlève les élastiques autour de ses oreilles, je collecte le mucus et jette le tout dans la poubelle.

« Mets celui-là. »

Tony enfile un nouveau masque et continue de regarder la photo.

« Elle est mignonne ta fille. »

Tony ne réagit pas. Je ne sais pas pourquoi j'ai dit ça, ça m'a échappé. Il plonge ses yeux bleus dans les miens: « Je suis sûre que ma Sarah est toujours aussi belle, peut-être même qu'elle a des enfants aujourd'hui.»

Ben me jette un regard dans le rétro. Nous savons où est Sarah, ce qu'elle fait, nous l'avons appris il y a quelques semaines en conduisant un SDF aux urgences d'un hôpital périphérique: une infirmière prénommée Sarah est venue nous accueillir, même patronyme que Tony, mêmes yeux bleus. Nous sommes convenus que ce n'était pas à nous de le lui dire.

Nous nous garons sur le parking de l'hôpital. Ben me confie les clés du camion: «Je reviens, je file chercher le paquet de masques neufs au local.»

J'aide Tony à sortir du camion. Nous cheminons vers le service des consultations.

«Arrête-toi, y a une poubelle ici, on va changer ton masque.»

J'enfile des gants. Des curieux étudient le visage de Tony, son regard aquatique. Nous nous remettons en route. Une secrétaire, micro arrimé à un casque, nous accueille. Je prépare les papiers de Sécu de Tony. La secrétaire coupe son micro: «Votre masque monsieur, il est très mal mis.»

Tony l'abaisse.

«Si vous me dites comment porter un masque en l'absence de nez, je vous donne la recette pour porter vos lunettes le jour où vous perdez vos oreilles.»

La secrétaire vérifie les papiers : « Vous pouvez patienter dans la salle derrière vous, le Dr Tacq va venir vous chercher. »

Tony tourne les talons. Nous nous installons en salle d'attente.

Ben nous rejoint. Il éventre l'emballage d'un paquet.

« Pourquoi tes masques ils sont tout blancs cousin, d'habitude ils ont une face bleue ?

– Regarde la date sur l'emballage, périmés depuis 2012, ça ira quand même ? »

Tony dresse le pouce, enfile un masque et incline la tête en arrière, c'est dans cette position qu'il passe ses journées, visage vers le ciel, à renvoyer dans l'arrière-gorge la lymphe qui ne s'arrête jamais de couler. Sur sa chaise, yeux au plafond, Tony s'offre un peu de répit. Je ramasse un magazine qui traîne.

Le Dr Tacq arrive : « Messieurs bonjour. » Tony repositionne sa tête. Il chuchote : « La doctoresse est tatouée, j'aime bien. »

Je fais signe à Tony de se taire.

« Vous ressemblez à Megan Rapinoe, dit Tony en entrant dans le bureau.

– Je prends ça comme un compliment, asseyez-vous. »

Sur l'avant-bras du Dr Tacq court une rose bleue au bout d'une tige qui remonte vers l'épaule et disparaît sous la manche courte de sa blouse. Ben aide Tony à s'asseoir.

« J'ai lu votre dossier, ça évitera de revenir sur l'histoire de cette tumeur, vous avez de plus en plus de douleurs, c'est ça ?

– Oui, madame.

– Sur une échelle de zéro à dix, dix étant insupportable, vous diriez que vous êtes à combien ?

– Neuf et demi.

– C'est beaucoup, ça laisse peu de marge. »

Tony bascule la tête en arrière pour déglutir : « J'ai refumé de l'héro il y a trois jours. »

La doctoresse note.

« C'est la première fois en vingt-cinq ans d'abstinence, y a plus que l'héro pour calmer ma douleur à l'œil. »

La jeune médecin écrit chaque parole de Tony : « Où vivez-vous ?

– En foyer, madame, on est deux dans la chambre, ça devient pénible pour mon collègue, à cause de ça. »

Tony bascule sa tête vers l'avant et montre son masque, déjà plein.

« J'en consomme des dizaines par jour, j'en bouffe en une matinée plus que tout votre personnel en une journée. »

La doctoresse me regarde en s'adressant à Tony: «Mon collègue vous a expliqué en quoi consiste une hospitalisation en soins palliatifs?

– Oui madame, je veux partir tranquille, sans souffrir, sans quoi je vais me faire une overdose au foyer, je me suis pas battu toute ma vie pour finir cané dans la rue.»

La jeune médecin approuve de la tête: «On a une place qui devrait se libérer dans la semaine, ça vous irait?»

Tony réfléchit: «C'est un homme ou une femme?

– Je ne comprends pas votre question.

– Je veux savoir si dans le lit qui va m'accueillir, c'est un homme ou une femme en train de mourir.

– Une femme.

– Tant mieux.

– Pourquoi?

– Je préfère.»

La doctoresse suspend ses mains au-dessus du clavier: «Il me faut le nom d'une personne de confiance pour l'hospitalisation, quelqu'un que nous pouvons contacter pour les décisions à prendre et faire respecter vos volontés.»

Tony tousse. Ben lui tend une feuille d'essuie-tout.

«Avez-vous de la famille, monsieur?

— Oui, une fille, elle s'appelle Sarah, elle doit avoir votre âge, elle est infirmière dans un hôpital à vingt bornes d'ici. »

Ben et moi nous regardons.

« Parfait, vous pouvez me donner son numéro ?

— Je le connais pas, et si je l'avais je vous le donnerais pas. »

Tony ôte son masque : « Vous aimeriez avoir un père qui ressemble à ça ? C'est pas moi ça, eux ils me connaissent.

— Je comprends monsieur, mais il me faut un nom pour la personne de confiance. »

Tony se tourne vers Ben : « Je veux que ça soit lui.

— Seule la famille ou un proche peut être désigné tiers de confiance monsieur, pas un soignant de l'hôpital. »

Ben prend la parole : « Vous mettrez dans la case *Lien de parenté* que je suis son cousin. »

Tony se tourne vers moi.

« Je confirme, Benoît et Tony sont cousins.

— OK, vous pouvez me donner votre numéro de portable ? »

Ben le lui donne et prend la fiche que tend la médecin avec dessus le trousseau à préparer avant l'entrée en soins palliatifs.

Dans le couloir qui mène au parking j'observe Tony, son pas, il traîne moins. Ben part devant, seul, il me laisse avec Tony, j'ignore pourquoi.

Arrivé au camion, je l'aide à monter. Ben met le contact et c'est Bobby Fuller qui se met à chanter.

« Ton portable merde ! »

Première fois que Ben me gueule dessus. Il coupe l'autoradio. La guitare de Bobby sort de mon téléphone dans la poche intérieure de ma veste. Je l'éteins. Ben tourne la tête vers moi :
« Excuse-moi.

– Y a pas de mal. »

Coude sur le genou, main sur le masque et le menton, Tony scrute les tours de l'hôpital. À quoi pense un homme qui vient de décider de tout arrêter ? Ben emprunte le pont qui enjambe le canal.

« S'il te plaît cousin, on peut se balader cinq minutes sur la berge avant de rentrer au foyer ?

– Bien sûr, Tony. »

Ben fait demi-tour dans le rond-point et prend direction le chemin de halage. Nous garons le camion, descendons le petit escalier qui mène au canal et escortons Tony jusqu'à la berge. Un couple de canards glisse sur l'eau.

« J'aimais bien passer du temps ici. »

Tony sort la photo de sa fille.

« T'as un stylo, cousin ? »

Ben tâte ses poches. Je file un Bic à Tony.

« Prête-moi ton dos que j'écrive un truc derrière la photo. »

Ben se courbe et pose les mains sur ses cuisses. Appuyé sur le dos de Ben, Tony prend le temps de former de belles lettres avant de ranger la photo et d'observer les canards qu'aucune péniche ne dérange depuis des semaines.

« La mère de Sarah, c'est ici que je l'ai embrassée pour la première fois, on se tenait pile où tu te trouves cousin. »

Tony lève les yeux vers le pont.

« Je suis venu ici tous les jours. »

Il sort la photo de sa veste.

« Tu vas me rendre un dernier service : quand je serai parti, tu iras voir Sarah, tu lui remettras cette photo en main propre. »

Ben la glisse dans sa veste.

« S'il m'arrive quoi que ce soit à partir de maintenant, la photo est en sécurité ; quand tu verras ma fille, amène-la ici s'il te plaît, raconte-lui cet endroit, notre baiser à sa mère et moi, dis-lui que c'est ici qu'elle est née.

– OK Tony, tu peux compter sur moi.

– Maintenant on peut s'en aller, cousin. »

Dans le camion, Tony jette la tête en arrière. Au foyer, nous le raccompagnons jusqu'à son banc. Il checke nos coudes et plonge dans son pot à tabac. Nous retournons au camion. Ben sort la photo de sa veste, la retourne et me la passe en évitant de croiser mon regard. Il engage le camion sur la chaussée. J'approche la photo de mon visage, j'examine la silhouette en arrière-plan, un visage éclairé par les flammes des bougies, le visage de Tony qui sourit, un beau visage. Je retourne la photo. Je lis ses mots écrits avec mon Bic.

Chaque jour ma Sarah, j'ai pensé à toi.

Papa

16

Serge est mort et c'est Léa qui me conduit au commissariat. J'ignore à quoi elle pense, à qui, à Ben sans doute, qu'elle remplacera bientôt en unité covid, en gériatrie où sont hébergés les NTBR. « *Not To Be Reanimated,* a expliqué Isabelle à Ben dès son arrivée, ça signifie que vous poussez l'oxygène à fond Benoît, vous sédatez, vous aidez à partir, on fait essentiellement du palliatif ici, les NTBR ont été choisis sur des critères médicaux, sont NTBR ceux dont on sait que si nous les envoyons en réa, ils ne le supporteront pas, ils mourront en quelques heures, ils prendront la place de ceux qui peuvent survivre ; n'oubliez pas que parmi les NTBR certains s'en sortent et retournent chez eux ou à l'Ehpad, ça peut aider de s'en rappeler, bonne chance Benoît. »

Entre deux gorgées de café ce matin, Léa m'a parlé de son affectation prochaine. Elle a dit: «J'ai peur d'y aller.»

Elle tremblait dans sa combinaison de bricolage – à quoi j'ai répondu: «Moi aussi j'ai peur, j'ai tout le temps peur quand je suis de service mortuaire avec Mireille.»

Je lui ai raconté ce qui était arrivé à Ben le lendemain de son affectation. J'ai expliqué à Léa comment, cet après-midi-là, Mireille et moi sommes arrivés avec notre chariot face à Ben qui se tenait devant la chambre du mort, Ben qui secouait la tête, qui me disait: «J'ai froid, je sais pas ce qui m'arrive», à qui j'ai massé les épaules, qui me répondait: «Me touche pas, je vais t'infecter, je suis plein de covid.» Ben que je serrais dans mes bras, que je rassurais: «Tu ne vas pas m'infecter, on a l'habitude, on va s'occuper du corps», mais Ben avait le regard d'un fou, il répétait: «Je l'ai tué, je l'ai tué», à quoi j'ai répondu: «Arrête de dire n'importe quoi», sauf que Ben était incapable de se calmer, tout ce qu'il disait était décousu, alors je l'ai plaqué contre moi, je lui ai dit: «Calme-toi, explique-moi.» «L'homme qui vient de mourir, il a sonné. T'aurais vu son visage. Les ailes de son nez qui battent. J'avais jamais vu ça. La force de sa main accrochée à mon poignet. J'ai poussé le Midazolam, trois milligrammes en IV. Le mec luttait. Il me regardait comme. Je sais pas. Il pouvait plus parler. Il se voyait mourir. Je pouvais pas le laisser partir comme ça. J'ai enlevé mon masque. J'ai gardé la visière. Je lui ai souri. Je me suis dit ce type, c'est ton père. Ton grand-père. J'ai dit "ça va aller monsieur". J'ai répété ça. "Ça va aller." Je guettais l'horloge. Le type souffrait. J'ai injecté une dose de morphine. Ça a été radical. Ses doigts se sont desserrés. Il a arrêté de respirer. Le cœur a lâché. Je suis resté avec sa main dans la mienne. Je l'ai tué. »

C'est la douleur de Ben que j'ai racontée à Léa au local avant de partir marauder ce matin – et depuis ça, ni elle ni moi n'avons grand-chose à nous dire. Dans ce camion où je sens que nous n'allons pas bien, je pourrais mettre un peu de musique comme je le fais avec Ben mais non, je continue de me taire, de regarder la ville, ses boulevards en travaux, son canal où le corps de Serge vient d'être repêché – le quatrième noyé en trois semaines. J'essaie d'annuler ce que me font les morts accumulés dans ma tête, impression de mal discerner les choses, à commencer par ce qui se trame dans les rues et sur les bords du canal depuis quelques jours, ce que la police attend de moi, la police à qui j'ai précisé au téléphone être soumis au secret médical. « Venez quand même, demain, 14 heures. » Et l'officier a raccroché.

Je viens donc me présenter au commissariat pour dire que je ne peux rien dire au sujet de Serge. Cela me navre parce qu'au fond de moi j'aimerais aider la police à coincer celui qui a fait ça à Serge, sauf que le secret médical pèse de tout son poids, il s'impose à moi, raison pour laquelle j'ai prévu une parade, un accessoire pour ne pas rester muet devant l'officier : le dossier social de Serge rangé dans la pochette à élastiques posée sur mes genoux. Je l'ouvre. Je vérifie une dernière fois nos démarches effectuées toutes ces années, la photocopie de la carte d'identité de Serge, le double de la photo de lui avec son père marquée au dos *Baccalauréat juillet 71*. Je triture les élastiques de la pochette, j'essaie de rassembler mes idées, je songe à ce que je peux dire sans trahir le secret médical, je pense à Loïc, à l'hécatombe de SDF, mais penser est un grand mot : mon esprit vagabonde.

Nous y sommes. Léa se gare et me souhaite bon courage.

« Merci. »

Le camion s'éloigne. La tour du commissariat central se dresse devant moi. *Sonner et attendre* est-il écrit sur une feuille scotchée à la porte d'entrée. Je sonne. J'attends, pochette sous le bras. Une femme en uniforme m'ouvre, masque de ponçage sur le visage : « C'est pour quoi ?

– J'ai rendez-vous avec le lieutenant Dubart.

— Vos mains s'il vous plaît. »

Je présente mes paumes. La policière verse du gel.

« Vous avez une pièce d'identité ? »

Je donne ma carte. La policière m'invite à me présenter devant un comptoir. Elle note mes nom, prénom, le matricule de ma carte. J'émarge.

« Prenez l'escalier sur votre droite, montez au deuxième étage, le bureau 243 se trouve sur votre gauche, je préviens le lieutenant de votre arrivée, je vous rends votre carte d'identité quand vous avez terminé. »

Je remercie et m'enfonce dans le hall. Sur les murs lépreux du commissariat la photo d'un policier noir vante la profession : *Devenez policier, un métier d'avenir, inscription* à *partir du 15 mai 2020, clôture le 22 juillet 2020.* Je grimpe les marches. Le jaune pisseux de la cage d'escalier s'écaille. Au deuxième étage, la porte du bureau 243 bâille dans le couloir. Je frappe. Pas de réponse. Je pousse la porte. Un homme tape à l'ordinateur. Il lève les yeux.

« Asseyez-vous docteur, je suis à vous dans une minute. »

L'homme applique à la hâte un masque suspendu à sa lampe de bureau. Sur un écriteau est marqué *J. Dubart*, *J* comme Jérôme, Jérémie – ou Jehan, mais c'est moins sûr. À sa voix hier au téléphone – et son titre, *lieutenant* – j'imaginais un homme mûr. L'officier est plus jeune que moi, tee-shirt des Wailers, jean, baskets. La paire de menottes suspendue au clou derrière lui et le revolver à sa ceinture recadrent les choses. Mon regard fait le tour des dix mètres carrés de son bureau. Travailler ici confine à la maltraitance.

« Merci de vous être déplacé. »

Dubart rabat l'écran de son ordinateur. Je réajuste les élastiques de mon masque et joue avec ceux de ma pochette. L'officier jette le poids de son corps vers l'arrière du fauteuil : « Vous avez une idée de la raison pour laquelle je vous ai fait venir, docteur ?

– Oui et non. »

Pas terrible comme réponse, parce que ou c'est oui ou c'est non. Coincé entre bureau et porte, je ne peux ni étendre ni croiser mes jambes, il n'y a pas de bonne position, rien pour me mettre à l'aise.

« D'ordinaire docteur, je me serais arrangé pour vous rencontrer dans un de vos accueils de jour pour SDF mais tout est fermé, j'aimerais que nous parlions de M. Serge Daeverlinck, je précise que ce n'est pas une audition et qu'il n'y aura pas de déposition aujourd'hui. »

Je remue. Mes jambes cherchent la meilleure position.

«Je suis conscient docteur que vous êtes soumis au secret médical, mais j'ai besoin que vous m'aidiez, connaissiez-vous Serge Daeverlinck?

– Oui, mes collègues et moi avons été bouleversés d'apprendre les circonstances de son décès.

– À quand remonte votre dernière rencontre avec lui?

– Mardi dernier, c'était en ville.

– Vers quelle heure?

– Entre 16 et 17 heures.»

Dubart note ma réponse: «La noyade remonte au lendemain, vous êtes à ce stade le dernier témoin à l'avoir vu vivant, il faudra donc en temps voulu que je prenne votre déposition, vous n'ignorez pas qu'il s'agit du quatrième SDF repêché en un mois, sans compter celui égorgé devant les anciens abattoirs, ce qui porte le nombre de morts à cinq, ça fait beaucoup, le procureur nous met la pression, j'ai pensé à votre connaissance du terrain pour m'aider.»

L'officier recule son siège, ouvre un tiroir de son bureau et sort un parapheur: «J'aimerais, si vous êtes d'accord, vous montrer quelques photos prises sur la berge, où le corps a été repêché.»

Je dis oui, sans réfléchir, et je regrette. Sous mes yeux un premier cliché de Serge, son portrait. La violence de sa mort me saute à la figure.

«Ça va, docteur?»

Je cherche mes mots, coincés dans le fond de ma gorge : « Je n'ai jamais vu de noyé, je suis désolé lieutenant. »

J'ignore pourquoi j'appelle Dubart par son grade, *lieutenant*, nous ne sommes pas collègues ; j'ignore surtout pourquoi je mens, des noyés j'en ai vu. Je prends une grande inspiration, il me faut de l'air en grande quantité pour contrer les remontées de mon sandwich de ce midi, j'ai des aigreurs. Il aurait suffi de dire à Dubart quelque chose comme *j'ai déjà vu des noyés mais ce n'est pas n'importe quel visage de noyé que vous me montrez, c'est le visage de Serge, il est dans un triste état, ça me bouleverse*, ça serait passé tout seul ; mais trop de mots à sortir avec trop de peur m'en empêchent – et pas assez de place pour mon corps qui ne trouve pas sa position.

« Nous attendons le rapport d'autopsie, le légiste explique le côté gonflé et violacé du visage de M. Daeverlinck par sa lutte pour respirer, il y a eu inhalation de liquide, Serge Daeverlinck était vivant quand il est tombé à l'eau, je compte sur vous pour ne pas divulguer cette information, secret de l'enquête, si je vous confie ça, c'est parce que vous et moi ne ferons rien avancer si on ne se donne pas un petit coup de main, vous comprenez ? »

Je change mes pieds de position, je regarde Dubart, je réponds : « Oui, mieux vaut mutualiser nos forces dans l'intérêt de Serge » – et aussitôt évoqué « l'intérêt de Serge » je me demande quelle est la pertinence de cette notion pour l'intéressé une fois mort. Dubart poursuit : « Les entailles que vous voyez sur le front, la joue gauche et le menton correspondraient à des lésions de charriage, des branchages rencontrés pendant la dérive dans le canal ; la partie manquante des lèvres serait la résultante d'organismes nécrophages, des lésions post-mortem, mais ce que je voudrais que vous me confirmiez c'est que la dernière fois que vous avez vu M. Daeverlinck il n'avait aucune de ces lésions au visage ; prenez tout votre temps pour regarder cette photo, essayez de vous souvenir docteur. »

Dubart attend ma réponse. J'ai beaucoup de mal à regarder Serge, à recouvrir cette insupportable photo par mon souvenir de lui. Je réponds : « Non, je ne lui connaissais aucune de ces lésions. »

Dubart replace le portrait de Serge dans son parapheur et étale sur son bureau trois clichés du corps photographié en pied : « Je vous laisse regarder et commenter. »

Je prends en main chaque cliché. Les vêtements trempés épousent le corps de Serge. Ils en surlignent la maigreur.

«Je reconnais ses baskets lieutenant, des Stan Smith abîmées, son blouson à moitié zippé avec le tee-shirt jaune en dessous aussi, rien à dire, c'est Serge.»

Mon œsophage me brûle.

«Rien de plus, docteur?

– Rien de plus.»

Dubart remise les photos et en sort de nouvelles, qu'il dispose sous mes yeux.

«Je vous laisse commenter.»

La photo d'un portefeuille attire mon attention.

«C'est le portefeuille de Serge, usé jusqu'à la corde, je le reconnais, Serge y trifouillait tout le temps, je peux même vous dire que dans la petite poche destinée à accueillir les pièces il mettait du tabac à rouler, sa carte d'identité, nous venions de l'aider à la renouveler, s'y trouvait également une photo de lui posant à côté de son père.»

J'ouvre ma pochette. Je montre notre photocopie de la photo en question. Dubart sort un autre cliché du parapheur et me le présente.

«Cette photo était dans le portefeuille repêché avec le corps.»

Je hoche la tête.

«C'est bien la même. Serge nous montrait souvent cette photo de lui adolescent, enlacé par son père, prise par un voisin avec leur Polaroid, derrière il est noté *Baccalauréat juillet 71*, Serge nous racontait combien son père était fier de lui ; avec l'équipe nous l'avons fait plastifier pour la protéger, pour préserver le seul morceau d'histoire qui lui restait, nous avons gardé ce double au cas où Serge perdrait l'original ; il racontait peu de choses de lui, ce ne sera pas trahir le secret médical que de vous apprendre que son père l'a élevé seul et que sa mère est décédée peu de temps après sa naissance ; il aurait déclenché son premier accès schizophrénique à la fac avant d'être interné un an et de choisir une vie à la rue ; Serge à ma connaissance n'a eu ni femme, ni travail, ni permis de conduire, ni enfant, juste son bac et la forme la plus confiscatoire de la maladie ; elle lui a voûté le dos et déchaussé les dents ; sur la photo de 1971 on peut voir à quel point Serge n'était pas vilain, mais la maladie a tout abîmé, son visage, ses liens, à l'exception de celui à son père ; Serge disait adorer son père et que son père l'adorait. Il lui arrivait d'ailleurs d'aller chez lui et de disparaître de nos radars avant de revenir au bout de quelques jours ; il racontait s'y être fait couler un bain, avoir mis les pieds sous la table avant de repartir rasé de près ; Serge est toujours resté secret sur la question de ce père, il n'a jamais voulu que nous prenions attache avec lui, il aurait dans les 90 ans, j'imagine que vous l'avez contacté, qu'il est au courant pour son fils ? »

Dubart termine de noter sur son calepin.

« Vous permettez que je vapote à la fenêtre ? »

Je fais oui de la tête et j'attends ma réponse, le père est-il prévenu pour son fils ; sauf que Dubart ne répond rien, il sort de sous son bureau une cigarette électronique, se lève, ouvre la fenêtre, baisse son masque et crache de la fumée.

« Pensez-vous, docteur, que Serge Daeverlinck ait pu se suicider ? »

Je cherche à nouveau une position pour mes pieds.

« Vingt ans de pratique de la psychiatrie monsieur Dubart, et je ne peux toujours pas répondre à ce genre de question. »

Dubart vapote à la fenêtre.

« Que vous a dit M. Daeverlinck mardi, la dernière fois que vous l'avez vu en ville ?

– Je n'étais pas au travail quand j'ai rencontré Serge, je venais d'acheter des fruits, il parlait seul, assis devant la mairie, je l'ai taquiné, on a discuté un peu, je ne me souviens pas du contenu de notre échange, en tous cas rien qui puisse vous éclairer sur la mort de Serge. »

Dubart réfléchit. Je me vois mal lui révéler que Serge avait en fait très envie de discuter cet après-midi-là, qu'il était surtout fier de me montrer ses lunettes. « Cette fois je les ai réparées tout seul, docteur, avec du gros Scotch marron. »

Je ne me vois pas entrer dans les détails, dire à Dubart que ce jour-là Serge m'a demandé où était Ben, que j'ai expliqué qu'il renforçait les effectifs covid et que sa blague de l'autre fois nous avait bien fait marrer, à quoi Serge a répondu : « Eh beh j'en ai une meilleure, docteur. »

La blague de Serge, je ne peux pas la raconter, les circonstances ne s'y prêtent pas. Impossible de raconter à Dubart Serge qui se met à rire comme un fou, tout seul, sur cette place de l'Hôtel-de-Ville. Je ne vois pas comment dans ce commissariat, avec les photos de ce qu'il reste de Serge après sa noyade, je pourrais en venir à confier à Dubart cette blague incroyable que Serge a raconté au dernier être humain avec qui il a parlé – moi. Je me revois avec mes sachets de fruits sur les bras écouter Serge me dire : « Docteur, ouvrez grandes vos oreilles : vous, Ben et moi, on est tous les trois au bord du canal, nous sommes les derniers survivants, le coronavirus a décimé l'humanité, on a de la chance d'être ensemble ; une femme à poil arrive, une paire de nichons à tomber par terre, docteur – pas les nichons, hein ! La femme se présente, elle dit : "Bonjour messieurs, je suis la mort, je viens finir le boulot, mais avant ça je vous laisse une chance de vous en sortir : si vous parvenez à jeter quelque chose dans le canal et que je ne retrouve pas cette chose, je vous épargnerai, vous pourrez même faire l'amour avec moi ; en revanche si vous échouez, vous mourrez" ; vous, docteur, la mort et ses nichons vous excitent tellement que vous ramassez un caillou blanc avec une petite encoche, vous le lancez de toutes vos forces le plus loin possible dans l'eau et vous regardez la mort plonger sous la surface et revenir quelques secondes plus tard, mouillée, caillou blanc à la main, elle vous montre la petite encoche, elle dit : "C'est bien le vôtre, n'est-ce pas ?" Vous dites : "Oui." Et la mort vous frappe du covid, vous mourez. Après c'est au tour de Ben, il se lève, il prend les clés du camion et les lance dans le canal. La mort plonge et revient agiter les clés sous son nez. "Désolée", lui dit-elle, Ben vous rejoint. La mort enfin s'avance vers moi, docteur : "Serge, tu es le dernier survivant de l'humanité, qu'as-tu décidé de lancer ?" et là docteur, ma main trouve un truc que vous m'avez donné l'autre jour et que je garde depuis dans ma poche ; ce truc-là, je le balance à la flotte. La mort s'affole, elle dit : "Bon sang Serge, j'ai rien vu, c'était quoi !? – Comment ça, c'était quoi ? – Ce que tu as jeté dans le canal. – Ce que j'ai jeté, madame ? – Oui, ce que tu avais dans ta poche ? – Celle de droite ou celle de gauche ? – Serge, n'essaie pas de gagner du temps, c'est inutile, dis-moi ce que tu viens de jeter afin que j'aille le chercher dans les eaux du canal. – Un comprimé effervescent de paracétamol, madame !" »

Devant Dubart silencieux en train de vapoter, le souvenir de Serge qui se marre au point de faire tomber sa clope sur son jean revient, Serge qui se traite de con et me dit : « Faut que je vous laisse docteur, j'ai la mort à me taper », dernière parole de Serge – « la mort à me taper », il a dit ça Serge, texto, avec ces mots-là, des mots qui pourraient laisser penser aux flics qu'il est allé se suicider, ce que Serge n'aurait jamais fait, donc je me tais.

Dubart ferme la fenêtre, remet son masque et range sa vapoteuse.

« La piste de l'homicide est sur toutes les lèvres, docteur, des homicides de SDF en série, je vous le redemande, Serge Daeverlinck aurait-il pu, selon vous, se suicider ? »

Mes jambes ont enfin trouvé leur position, de trois quarts, bien calées, je réponds : « Serge était vulnérable, mais il n'a jamais tenté de se suicider. »

Le portable de Dubart vibre. Il décroche. « Oui – eh bien faites le patienter – je termine avec le psychiatre – oui – je viendrai le chercher en bas. »

Dubart raccroche.

« Le frère de la victime est arrivé, je dois l'auditionner, vous saviez que M. Daeverlinck avait un frère ?

– Non, Serge prétendait être fils unique. »

Mes jambes ne sont finalement pas si bien.

« Il s'appelle Francis Daeverlinck, il était le tuteur légal de son frère, le père de la victime est décédé il y a quarante ans. »

Ça me brûle à nouveau. Dubart ouvre son agenda : « Lundi prochain, même heure, pour une déposition en bonne et due forme au sujet de votre dernière rencontre avec Serge Daeverlinck, ça vous convient ?

– Oui, je serai là.

– Parfait, je vous remercie pour votre coopération. »

Dubart se lève et m'ouvre la porte.

Sur le palier j'ai chaud. J'étire mes jambes. Je redescends par la cage d'escalier. En bas dans le hall, il y a un homme assis en train de lire.

« Monsieur Daeverlinck ? »

L'homme lève les yeux vers moi : « Oui.

– Je suis le psychiatre de l'équipe mobile qui prenait en charge Serge à la rue, vous êtes son frère ? »

L'homme referme son magazine : « Oui, enchanté.

– Toutes mes condoléances, monsieur. »

L'homme se lève : « Serge me parlait souvent de vous quand il venait chez moi, à chacune de ses venues, j'ai essayé de le convaincre de me laisser vous contacter mais il me l'interdisait, il me menaçait de couper les ponts si je faisais ça.

– Pourquoi ?

– Mon frère compartimentait sa vie à la rue et sa vie avec moi, les deux ne devaient jamais se rencontrer ; Serge et moi avions cinq ans d'écart, je suis l'aîné, notre mère est morte à son accouchement, mon père s'est retrouvé avec deux fils sur les bras ; papa a essayé d'aimer Serge, mais il voyait en lui le responsable de la mort de notre mère, il a mis fin à ses jours aux 21 ans de Serge, c'est mon frère qui a découvert le corps de notre père, une lettre à ses pieds lui demandant pardon. Papa culpabilisait de la schizophrénie de Serge, il disait que c'était de sa faute s'il n'avait ni avenir ni diplôme.

– Mais votre frère avait le bac, n'est-ce pas ? »

J'ouvre ma pochette.

« Serge nous montrait régulièrement cette photo de lui et votre père prise après les résultats du bac. »

L'homme examine la photo.

« C'est moi là-dessus docteur, on fêtait mon baccalauréat, c'est Serge qui tenait le Polaroid. Vous voyez les lunettes de mon père sur la photo ? »

J'observe le visage du père de Serge, ses lunettes. « Le jour de la disparition de papa, Serge les a posées sur sa dépouille. Au moment de fermer le cercueil, il les a récupérées, mises sur son nez et il ne les a plus jamais quittées. Il disait papa continuera de voir à travers moi. Serge ne devait pas voir grand-chose, papa était très myope.»

Je me penche sur la photo. Cette fois ça me brûle franchement. Je baisse mon masque: «J'aimais beaucoup votre frère.»

L'homme ôte le sien: «Je n'en doute pas docteur, Serge vous aimait aussi.»

Nous nous regardons.

Je reconnais ce visage. Je tourne les talons, main sur l'estomac.

J'ai très mal.

17

Debout devant la porte du commissariat, j'attends que la douleur passe. Je ne veux ni parler ni qu'on me parle, juste traverser la ville et oublier Serge, rentrer chez moi, à pied. Je coince ma pochette sous le bras. La douleur s'éloigne. Je coupe un premier rond-point en ligne droite, je foule son monticule de terre. J'évite les tulipes, elles manquent d'eau, la terre des ronds-points est municipale et il n'y a personne pour l'arroser. Je tourne à gauche sur le boulevard. Une pelleteuse me barre la route. Je grimpe dessus, j'enjambe son siège, je m'appuie sur son volant, c'est la première fois que je fais ça, monter sur une machine de cette taille – ça ne se fait pas, mais qui pour me voir ? Hissé sur l'engin je prends appui sur mes cuisses et je saute, j'atterris près d'un trottoir éventré dont j'observe le fond : un boyau y serpente, posé à même la terre – sèche, la terre. Les chantiers de la ville sont à l'arrêt.

Il fait chaud, je transpire. J'enlève ma veste. Je la jette sur l'épaule. Mon tee-shirt colle. Je pivote sur moi-même, seul au milieu de la place de l'Hôtel-de-Ville avec devant moi les marches où Serge m'a raconté sa blague. Je lève la tête. Le ciel est vide. Pas un nuage. Rien pour déchirer le silence de la ville. Il suffirait de crier, appeler au secours, une porte s'ouvrirait, quelqu'un viendrait. Serge a-t-il crié avant de mourir dans les eaux glacées du canal ? Quelqu'un est-il venu ? Je regarde les marches de l'escalier qui mènent à la mairie. Ma mémoire dessine la silhouette de Serge, sa silhouette au jean troué, ses Stan Smith défoncées, son tee-shirt jaune, ses lunettes rafistolées, sa clope au bec que je revois tomber sur son jean comme si Serge était encore là à se bidonner, comme s'il n'était jamais parti se taper la mort. J'ouvre Plans sur mon portable. Je rentre l'adresse du club d'aviron en bordure de canal, je demande le trajet le plus court à pied. 300 mètres. À supposer que Serge ait fait ce trajet et qu'il ait été balancé à cet endroit du chemin de halage, il devient urgent pour moi de saisir ce qui a pu se passer en chemin, ce que Serge a pu éprouver. Je suis l'itinéraire proposé par Plans, mais déjà je me heurte à un problème : que voit-on quand on s'appelle Serge et qu'on se balade en ville avec des lunettes à la correction trop forte ? Pas grand-chose, à commencer par le boyau de terre que je longe et dans lequel Serge aurait eu vite fait de chuter s'il ne connaissait la ville comme sa poche. Certain qu'avec les lunettes de son père Serge voyait comme on voit yeux grands ouverts sous l'eau. Certain que les gens ne lui apparaissaient qu'au dernier moment, lorsqu'il les croisait. Quelle gueule avait la mort ce jour-là ? Se pourrait-il que Serge l'ait rencontrée en ville, qu'elle ait gagné sa confiance avant de lui proposer un tour le long du canal. Impossible, Serge ne liait pas, n'avait pas d'amis, juste Ben et moi – son frère aussi. En dehors de nous, Serge parlait seul, avec ses voix, fallait pas l'approcher. J'éloigne le fantôme de Serge. J'avance. Il fait trop chaud. Je transpire. Toujours cette crampe dans le bas-ventre. Je passe devant un pub. Il y a deux mois, la bière y coulait. Je m'engage sur le pont. Douleur. Je m'accoude au parapet. J'observe l'hôpital sur l'autre rive, ses flancs qui miroitent au soleil, son reflet sur les eaux du canal. La douleur redouble, un mal de chien que je combats en me parlant à voix haute comme le faisait Serge. Je dis « c'est ici qu'elle se tient » et la douleur cède. Parce que c'est vrai que c'est ici qu'elle se tient chaque matin la femme d'Alain à qui nous avons donné une couverture un jour de pluie. Au même endroit, dans la même position qu'elle, j'imagine ce que c'est que de soutenir celui qu'on aime, branché au loin à une machine. Je me mets à la place de cette femme qui ne sait rien du devenir des corps là-bas. J'en sais trop, je suis plein d'images, mon corps en déborde. Nous ne sommes que quelques-uns à savoir, à savoir vraiment, à être plus qu'au courant, car si plus personne n'ignore que les corps sont traités comme des déchets, cette connaissance ne suffit pas à créer du savoir, le savoir c'est ce que leurs corps déposent dans le mien quand je les évacue. Ce savoir, il faut que j'en parle à quelqu'un – que j'en parle comme s'il y avait quelqu'un. Parler à voix haute me soulage. Il faut que je consigne ce qui me vient. Je sors l'iPhone de ma poche, j'active l'enregistreur, je dicte que « le savoir c'est de la connaissance venue me rentrer dans le ventre ».

« Vous allez bien ? »

Je me retourne. Un flic à vélo. Je range mon iPhone.

« Votre attestation s'il vous plaît. »

J'ouvre ma pochette, je fouille dans le dossier de Serge. Je regarde le flic avec un air désolé.

« Je suis médecin, j'ai un ordre de mission permanent, j'ai dû le ranger là-dedans. »

Je cherche. Rien.

« L'ordre de mission a dû rester dans le camion, je suis désolé, on m'a déposé devant le commissariat, j'en sors à l'instant. »

Je parle comme un coupable. Je souris au flic. Il pose son vélo contre un pylône et tire sur son cuissard.

« Vos papiers d'identité s'il vous plaît. »

Je cherche dans la poche intérieure de ma veste, je la secoue : « Je suis désolé, ma carte d'identité est restée au commissariat, j'ai oublié de la reprendre, appelez-les, ils vous confirmeront.

– Le commissariat, c'est la police nationale monsieur, moi c'est la municipale, donnez-moi vos nom, prénom et adresse s'il vous plaît. »

Je décline mon identité. Le flic note sur un carnet.

« Vous auriez une facture sur vous ? »

J'ouvre l'appli EDF sur mon iPhone. Je montre l'écran au policier.

« Ça fera 135 euros. »

Il me tend le papier et reprend son vélo. Je l'observe s'en aller. J'attends qu'il ne soit plus qu'un petit point noir en train de tourner à la sortie du rond-point pour le traiter d'enculé. La douleur reprend, au pli de l'aine cette fois. Cette saloperie migre dans mon corps. Elle m'étrille. Il faudrait rentrer à la maison et prendre du paracétamol, je ne suis qu'à cinq minutes de chez moi. Je me remets en marche mais la douleur me cloue, une douleur à perdre connaissance, à crever sur ce pont comme un chien, contravention à la main.

J'imagine mes enfants plus tard raconter aux leurs comment on a trouvé leur grand-père sans vie sur un pont un jour de printemps, mort après avoir été verbalisé, mort peut-être d'avoir été verbalisé. C'est dans cette reformulation d'Antoine et Jeanne devenus adultes que se forgera ma légende, celle d'un mec près de ses sous que 135 balles auront tué. Je serai devenu la proie de ceux qui restent, qui diront ce qu'a été ma vie, quel genre d'homme j'ai été. Plus le temps passera, moins je m'appartiendrai, je serai la propriété des vivants, leur jouet ridicule.

Je ressors mon iPhone. J'attends que les mots viennent. Je regarde les eaux du canal, ses berges. Je les scrute comme si je les regardais pour la première fois. Les mots sont là, ils arrivent, je me remets en route vers chez moi. Je dicte que je sais de tout mon corps ce qu'a éprouvé Serge avant de finir dans les eaux du canal : Serge était bien, oui, absolument, il était bien, il sifflait le long du canal quand il a croisé une silhouette aux formes généreuses, une silhouette qui l'a appelé par son prénom, qui lui a proposé de venir dans ses bras, de l'emmener dans son lit et Serge a dit oui.

18

Arrivé devant chez moi, je cherche mes clés. Elles ne sont ni dans mon jean ni dans ma veste. J'ai dû partir ce matin et oublier de les prendre. Je sonne à ma porte. Personne. Julie est sans doute au jardin avec les enfants. Je sors mon téléphone, j'appelle ma femme. Je colle mon oreille à la porte. Je guette la sonnerie de son téléphone. Rien. Je raccroche. Me voici à la rue, à la porte de chez moi avec le dossier social de Serge et une contravention pour toute lecture. Je m'assois sur le seuil. J'attends. J'observe les voitures le long du trottoir. J'entends du bruit derrière moi, dans le hall, le pas pressé de Julie, je me redresse, je frappe.

« Julie, c'est moi, ouvre ! »

Dans l'embrasure, Julie se tient visage inquiet : « Qu'est-ce que tu fais là ? »

Julie n'a pas le temps de se pousser, je la bouscule. Je fouille le tiroir de la commode dans le hall. Toutes les clés s'y trouvent, sauf les miennes.

« Et merde, si mes clés ne sont pas dans ce putain de meuble, c'est que je suis parti avec et que je les avais avec moi sur le pont, dans ma veste que j'ai secouée devant ce connard de flic qui m'a verbalisé.

– Tu t'es fait verbaliser ?

– Oui, mes clés ont dû tomber à ce moment-là. À moins que ce ne soit lorsque j'ai sauté de la grue.

– Tu es monté sur une grue ?!

– Oui, enfin non, une pelleteuse, je suis monté sur une pelleteuse et puis j'ai sauté, je me suis mal réceptionné, c'est peut-être là que je les ai perdues, sur le trottoir, à ma sortie du commissariat.

– Parce que tu es allé au commissariat, mais qu'est-ce que tu racontes !?

– Je suis allé au commissariat parce qu'un de mes patients a été retrouvé noyé dans le canal, il s'appelait Serge, des SDF disparaissent, se font tuer et.

– Et ? »

Serge est chez moi, dans l'escalier, derrière Julie. Avec ses entailles et sa lèvre dévorée.

« Et rien, je ne me sens pas bien.

– Ton fils non plus, Antoine a mal au ventre, la diarrhée, je viens de prendre sa température, il chauffe à 39, qu'est-ce qu'on fait ? »

Antoine ne côtoie personne, il ne sort pas, hormis le tour au parc dimanche il y a dix jours. Le covid donne des diarrhées chez les enfants, je n'arrête pas de le répéter. Antoine l'aura donc attrapé après Julie, ce qui signifie que je me suis trompé sur toute la ligne, mes enfants n'ont pas fait de forme asymptomatique avant leur mère, j'aurais pu éviter qu'Antoine tombe malade si j'avais laissé Julie s'isoler. Coup d'œil sur les escaliers. Il faudrait grimper les marches, m'occuper de mon fils, sauf qu'il y a Serge dans les escaliers, ou plutôt il y avait, Serge a disparu, j'ai peur qu'il revienne, peur que Serge m'attrape par les chevilles, peur de pousser un cri, d'être en train de devenir fou. Si je dis à Julie que je viens d'avoir une hallucination, elle va me prendre pour un dingue. Serge n'existe que dans mon imaginaire saturé. Je ne suis pas fou, je suis usé, mes défenses à bout, je dois me mettre en arrêt, me confiner avec Julie et les enfants, me reposer, en attendant il faut trouver quelque chose à dire, un truc simple.

« J'ai mal au ventre Julie, ça m'a pris tout à l'heure, en ville. »

Je file en cuisine chercher une plaquette de paracétamol. Jeanne regarde un dessin animé dans le séjour. Elle ne me remarque pas. Je reviens vers Julie, je monte les escaliers derrière elle, j'évite de regarder les marches.

19

Julie en chemise de nuit me barre l'accès à notre porte d'entrée. Son visage est un immense reproche.

« Bosser un 1er mai, c'est n'importe quoi ! Tu as vu tes cernes ? Je t'ai encore entendu te lever à 3 heures du matin. »

Mes mains déplacent le corps de Julie. 53 kilos de résistance. Ses pieds glissent sur le carrelage.

« Tu vas avoir un accident si tu prends le volant, pauvre con ! »

Antoine descend les escaliers : « Papa ?

– Désolé Tonio, on t'a réveillé.

– Tu t'en vas déjà ?

– Je n'en ai pas pour longtemps, je reviens dans la matinée. Ton ventre, tu te sens mieux ?

– Oui, je peux regarder un dessin animé ?

– OK, ne mets pas le volume de la télé trop fort, Jeanne dort, à tout à l'heure. »

Je prends mes clés dans le tiroir de la commode.

Je m'en vais sans un regard pour Julie.

Je roule. La campagne est déserte. Des lapins plein les champs. Je me gare. Deux biches à l'orée d'un bois m'observent. La nature s'est crue débarrassée de nous. Je suis la preuve que non. Mon portable vibre. *Julie*. Je ne décroche pas. Je m'enfonce dans le champ. Les lapins s'enfuient. Ils sont plus nombreux que je ne l'imaginais. La terre a soif. Je marche en pensant à Sylvette en train de s'éteindre aux Feuillantines, un Ehpad à dix minutes en voiture. Le rendez-vous est à 9 heures, il est 6 h 30. Je vais marcher dans ce champ pendant deux heures – ou aller faire une sieste dans le bois, contre un arbre. Sylvette qui va mourir est un problème : d'abord parce que je l'aime bien, ensuite parce que Marianne, l'infirmière, a jugé utile de me demander s'il n'y avait pas une dernière chose à tenter. *Il y a toujours quelque chose à tenter*, ai-je répondu par SMS à Marianne, *Sylvette nous l'a appris*. La première fois que Sylvette est venue me voir, il y a trois ans, elle m'a dit : « Je vais le tenter. » Et Sylvette l'a tenté : à 88 ans, veuve, en pleine forme, elle a laissé le fantôme de son mari et sa maison où elle a élevé leur fils Freddy parce qu'elle ne voulait plus être seule. « Je vais intégrer les Feuillantines, docteur. » Sylvette m'a raconté l'accueil par Marianne, son invitation à lui montrer la chambre qu'elle pourrait occuper.

« Et le gros bâtiment en face, a demandé Sylvette, de quoi s'agit-il ?

– L'Ehpad », a répondu un petit monsieur élégant, barbiche blanche et costume-cravate.

L'homme, prénommé Victor, a apporté trois tasses de café et demandé à Sylvette si elle voulait du sucre.

« Merci, je ne prends jamais de sucre.

– Je le note, ce sera avec plaisir que j'apprendrai à connaître vos petites habitudes. »

Et Victor, Marianne et Sylvette de boire un premier café dans son futur foyer-logement. Sylvette n'a jamais regretté d'avoir tenté. Elle m'a souvent parlé de ces deux-là, Marianne et Victor. Elle a dit à son fils : « Je vends la maison mon petit chéri et avec la vente je paie mon loyer aux Feuillantines. »

Freddy a dit : « Tu fais comme tu veux maman, c'est ton argent. »

Trois années de bonheur pour elle et Victor qui passent leur temps dans la chambre l'un de l'autre, s'endorment assis devant la télé, ronronnent tête contre tête. Jusqu'en juillet dernier. Victor est victime d'un AVC. Deux mois d'hospitalisation. En septembre il revient, en face cette fois, à l'Ehpad. Sylvette traverse le jardin des Feuillantines chaque matin, cravate à la main, elle se rend à l'étage où

Victor est en fauteuil, son côté gauche paralysé, elle l'aide à enfiler ses vêtements, ses chaussures, elle le peigne, elle noue autour de son cou la cravate du jour et pousse son fauteuil dehors jusqu'à cette chambre où trois années durant ils ont vécu l'un avec l'autre. Sylvette propose à Victor un café avec paille qu'il sirote en évitant de s'étrangler. Ils reprennent leurs habitudes. Sylvette le ramène chaque soir à l'Ehpad, comme ça jusqu'au 11 mars. À partir du 11, plus personne n'entre dans l'Ehpad, pas même Sylvette. Les visites sont interdites. Sylvette écrit au directeur, elle lui demande d'accepter le transfert de Victor dans sa chambre, disant qu'elle s'occupera de lui. Refus. Deuxième lettre, Sylvette écrit que Victor ne tiendra pas sans elle, pas plus qu'elle ne tiendra sans lui. Nouveau refus. Le dimanche 12 avril, week-end de Pâques et du pic, nous nous baladons en trottinette au parc avec Jeanne et Tonio. À notre retour le midi, message de Marianne : *Victor fait partie des douze résidents décédés en quarante-huit heures.* Elle ne sait pas comment l'annoncer à Sylvette, si même il faut lui annoncer. Ce dimanche-là, je monte dans la salle de bains, je m'enferme, j'appelle Freddy. Nous décidons de lui annoncer la disparition de Victor pour une raison simple : Sylvette s'apprête à écrire une troisième lettre. Apprendre le décès de Victor par la direction constituerait un choc. Le matin du lundi de Pâques, Marianne place son téléphone portable entre les mains de Sylvette. Freddy lui annonce que Victor n'a pas survécu à l'épidémie. Sylvette demande si on lui a mis sa cravate avant de partir. S'en suivent trois semaines de glissade jusqu'à ce matin. Marianne est convaincue que Sylvette ne passera pas le week-end. Freddy et moi avons réfléchi ensemble et décrété que, oui, il y avait peut-être quelque chose à tenter. Alors je quitte le bois, direction la voiture. Si après ce que nous allons faire Sylvette décide de partir, ce sera son choix. Je grimpe dans ma voiture. Je bascule le siège vers l'arrière. Je règle l'alarme du téléphone. Je ferme les yeux.

8 h 45. Sonnerie. Je redresse mon siège.

Je mets le moteur en route, je roule au pas. Freddy m'attend devant le portail. Je me gare. L'herbe des Feuillantines est déjà haute. La première tonte de mars n'a pas eu lieu. Derrière une haie de forsythias, les trèfles poussent et la mousse gagne du terrain. Freddy referme le portail derrière moi.

« Suivez-moi, docteur. »

C'est la première fois que je me rends au chevet de Sylvette. Derrière son fils, je contourne le bâtiment en essayant de ne pas être vu des résidents. Au malheur qui règne ici, inutile de rajouter du chaos.

« Courbez le dos messieurs lorsque vous passerez devant une fenêtre, nous a demandé Marianne, ne vous faites pas repérer des résidents, ils ne comprendraient pas, tout est fragile ici. »

Freddy et moi rasons les murs et nous baissons au passage des fenêtres.

Freddy pointe l'index : « Maman réside deux fenêtres plus loin, là-bas. »

Il me montre la prochaine : « Victor vivait là, dans la chambre voisine de maman. »

Je jette un coup d'œil. Une vieille dame dort bouche ouverte devant BFM. Je pose une main sur le carreau pour estomper les reflets du dehors. J'essaie de me représenter la bibliothèque de Victor pleine des livres dont me parlait Sylvette, son bureau avec la De Longhi. La vieille dame devant sa télé se réveille. Je me baisse. Freddy me montre l'Ehpad, visible seulement depuis l'angle du bâtiment où nous nous trouvons. Nous marchons jusqu'à la chambre n° 4. Freddy colle son visage à la vitre. Il est ému.

« Maman est là, regardez docteur ! »

Je colle mon visage au carreau. Je peine à reconnaître la femme allongée sur son lit. Freddy frappe à la fenêtre. Les yeux de sa mère s'ouvrent. Elle regarde le plafond. J'agite la main en espérant être dans son champ visuel. Freddy tape plus fort. Sylvette réagit à peine, sa main s'élève péniblement pour venir frotter son visage. Je compose le numéro de Marianne. On décroche.

« Un instant docteur, le temps de m'isoler des résidents. »

À l'autre bout du fil, une voix fatiguée s'adresse à Marianne qui répond : « Oui, madame Gobert, votre fille a appelé mais ce n'est pas elle que j'ai au téléphone, elle doit rappeler dans une heure, je vous la passerai dès que je l'aurai, restez dans votre chambre s'il vous plaît. »

J'entends des pas pressés, des bruits de roulettes, un chariot que l'on pousse. « Non monsieur Deril, restez dans votre chambre, sonnez et attendez que je vienne vous répondre. Je suis toute seule, si chacun prend sur soi on va y arriver. »

Une porte se ferme. Un verrou.

« Je suis à vous, docteur.

– Marianne, nous sommes devant la fenêtre de Sylvette, elle ne réagit pas, vous pouvez venir nous aider ?

– Deux petites minutes, j'arrive. »

L'infirmière raccroche. Freddy colle le nez à la fenêtre. Il cherche sa mère du regard. Je ne connais pas Marianne. J'ignore à quoi elle ressemble. Je vais enfin mettre un visage sur le prénom de cette femme seule au front pour huit résidents vingt-quatre heures sur vingt-quatre depuis un mois et demi, cette femme dont le mari dépose vivres et fournitures chaque lundi et jeudi devant la résidence. Marianne les désinfecte à l'eau de Javel et les laisse deux jours en quarantaine dans un sas de décontamination. La résidence est un bunker. Depuis mars, aucun résident n'est tombé malade.

« Vous avez vu docteur, la De Longhi de Victor est toujours là, sur le bureau en face du lit de maman. »

La porte du studio de Sylvette s'ouvre. Marianne entre. Je l'imaginais plus jeune.

Elle s'approche de Sylvette : « Freddy et le docteur sont à la fenêtre Sylvette, ils sont venus pour vous, regardez, ils sont là ! »

J'entends tout, Sylvette est sourde, Marianne parle fort. J'agite la main, Freddy aussi. Marianne tourne la tête de Sylvette dans notre direction. Ses yeux fixent du vide.

« C'est pas possible », s'angoisse Freddy, qui tourne sur lui-même.

J'appelle Marianne d'un mouvement de la main. Elle enfile un masque et ouvre la fenêtre : « Qu'est-ce qu'on fait ?

– Verticalisez-la, essayez de l'asseoir sur le bord du lit, il faut que Sylvette voie nos visages en face-à-face, je ne vois rien d'autre à faire.

– D'accord, docteur. »

Marianne referme la fenêtre. Elle ôte son masque, passe ses mains sous les épaules de Sylvette, la redresse. Les yeux de Sylvette s'ouvrent et se ferment. Ils cherchent le plafond. Sa chemise de nuit tombée sur le côté découvre un sein que Marianne s'empresse de recouvrir.

« Regardez devant vous Sylvette, Freddy et le docteur vous font signe ! »

Sylvette esquisse un sourire. Son corps penche. Marianne la retient.

« Votre fils est là, le docteur aussi, regardez ! »

Le visage de Sylvette se réveille. Je montre à Marianne mon portable. Je l'appelle. Elle décroche. Nous nous parlons par fenêtre interposée.

« Je vous écoute, docteur.

– On va attacher Sylvette au fauteuil et la placer devant sa fenêtre les prochains jours. Freddy se tiendra de l'autre côté du vitrage chaque après-midi. Je sais que l'accès à l'établissement, extérieur compris, est interdit, mais je ne vois pas d'autre solution.

– Pas de problème, docteur, le règlement ne prévoit pas qu'une infirmière passe ses jours et ses nuits ici sans rentrer chez elle, on va faire comme ça. »

Je raccroche. Marianne passe un drap autour du torse de Sylvette. Elle pousse le lit contre le mur puis le fauteuil devant la fenêtre. Elle et Freddy s'observent, collés à la vitre. Marianne et moi nous regardons. Freddy sourit. Sylvette aussi. Dans ce morceau de chambre et ce carré de jardin, séparés par une vitre, nos visages se font face en silence. Je forme avec les lèvres les syllabes *mer-ci* à destination de Marianne, qui m'adresse un *pas-de-quoi* avec les siennes. Freddy desserre son nœud de cravate, il a chaud.

20

Mes yeux fatiguent.

Ils n'en peuvent plus de téléconsulter.

J'allume la lampe de mon bureau.

Ça éclaire mon visage au-dessus de celui de Vincent dans l'écran de mon iPhone.

Depuis le siège conducteur de son camping-car où il m'appelle, Vincent prend un air désolé : « Ma décision est prise docteur, je vous remercie pour toutes ces années et tout ce que vous avez fait.

– Arrête Vincent, ne raccroche pas. »

Vincent raccroche.

Notre entretien sur WhatsApp a duré trois minutes quinze secondes.

J'écris sur le dossier médical de Vincent : *Fin de la téléconsultation* à *19 h 53 après que Vincent m'a montré un fusil sur le siège passager.*

Une notification de Julie apparaît sur mon portable : *À quelle heure rentres-tu (si tu as l'intention de rentrer chez toi bien entendu) ?*

Je tape : *J'ai un imprévu, ne m'attends pas.*

J'ouvre la fenêtre du cabinet en grand. L'air frais du soir. J'étire ma colonne. Les muscles de mon dos me font mal. Trop de nuits passées dans le canapé.

Que faire de cet appel de Vincent ? Si j'en crois ce qu'il me dit, il prend la route pour aller tuer son père. Ce qui n'arrivera pas. Vincent ne peut pas faire ça.

Je le rappelle.

« Vous êtes bien sur le répondeur de Vincent, laissez-moi un message. »

« Vincent, surtout ne fais pas de bêtise, rappelle-moi. »

Je raccroche. J'attends.

19 h 59.

Je ferme la fenêtre.

Si les flics apprennent que Vincent m'a confié son intention de tuer son père et que je n'ai prévenu personne, ce sera moins cordial qu'au commissariat avec la photo de Serge sous le nez. Je me vois déjà dans le bureau de Dubart.

« Vous étiez au courant pour le fusil, docteur ?

– Oui, je l'étais.

– Un de vos patients dit vouloir régler son compte à son père, il vous montre une arme à feu et vous, vous ne prévenez personne, faut m'expliquer. »

Il n'y aura rien à expliquer. Rien du tout. Je dois appeler la police. Pas le choix.

J'appuie sur l'écran de mon téléphone. Face ID me reconnaît. Je compose le 17. Mon doigt flotte au-dessus de la touche verte. *Appuie putain*. Ça veut pas.

Quelque chose au fond de moi est convaincu que Vincent ne tuera pas.

Même si Vincent vient d'énoncer le contraire.

Même s'il a brandi le fusil face caméra.

Même s'il a dit « je vais lui pulvériser sa sale gueule ».

Ce ne sont que des mots. Des mots pour éviter de passer à l'acte. Dire pour ne pas faire.

À moins que ce ne soient des mots à prendre au pied de la lettre.

Vincent va lui *pulvérisersasalegueule*.

Point.

Appuie sur la touche verte.

Appuie.

À ne pas appeler les flics, voilà ce qui va se passer :

Vincent va tuer.

Dubart te coincer dans son bureau.

« Où, quand, comment, pourquoi docteur ? »

Tu vas objecter le secret médical. La justice saisir ton dossier. Le magistrat lire tes notes.

Autant relire mes notes. Me mettre dans la peau du magistrat. Instruire l'homicide que Vincent n'a pas encore commis.

Le magistrat ouvre le dossier psychiatrique de l'accusé. Que voit-il ?

Première téléconsultation post-confinement : 23 mars.

Sont consignées les paroles de Vincent, la retranscription d'un SMS :

« Docteur, puis-je vous appeler en WhatsApp vidéo ? » Réponse du psy : « Je t'appelle dans cinq minutes, ça te va ? »

Le magistrat : Vous tutoyez tous vos patients ?

Moi : Vincent a 14 ans quand je commence à le soigner monsieur le juge, c'était il y a dix ans. On ne vouvoie pas un ado si on veut se mettre à sa portée.

Les yeux du magistrat décortiquent chaque phrase consignée, à commencer par *« c'est la merde, docteur »* : Pourquoi noter cette parole de votre patient, quel intérêt docteur ?

Moi : Parce que, monsieur le juge, je note toujours la première et la dernière phrase qu'un patient prononce. Si Vincent me dit "c'est la merde" et que je le note c'est parce qu'il veut que je sache que son équilibre mental est menacé, ce que montre d'ailleurs le résumé de notre échange rédigé dans un style télégraphique que vous voudrez bien me pardonner : en téléconsultation je dois aller vite, mes notes ne sont destinées à être lues par personne d'autre que moi.

Toujours à la place du juge, je lis :

23 mars 2020 : « C'est la merde, docteur. » Contrôle de police – Vincent arrêté au volant de son camping-car – Amende de 135 euros faute d'attestation – Policier ordonne confinement chez parents. Vincent me demande : « Je fais quoi ? – Tu paies ta contravention mais hors de question de te confiner chez tes parents, reste dans ton camping-car. – OK docteur. »

Le magistrat : Sans vouloir être désobligeant, il est difficile de ne pas relever la pauvreté clinique de vos notes du 23 mars docteur, on n'y trouve aucun élément de sémiologie, juste la recommandation faite à votre patient de contrevenir à l'ordre qui lui est donné de se confiner chez ses parents, inciter à enfreindre la loi fait-il partie de votre travail thérapeutique ?

Moi : Sauf votre respect, monsieur le juge, l'essentiel du travail psychothérapeutique résiste à la prise de notes et à sa transmission à un tiers.

Le magistrat : Allez dire ça à la partie civile le jour d'un procès, docteur.

20 h 10.

Aucun juge ne comprendra jamais ce qui se passe dans mon cabinet.

Ce qui s'y joue entre un patient et moi ne s'exportera toujours qu'au prix d'une simplification qui en altère la vérité. Dans l'hypothèse où Vincent tue, je n'ai pas à simplifier mais à faire entendre la complexité de mon travail.

Je dois écrire cette complexité. Faire entendre ce qu'il se passe et glisser ça dans mes notes. Faciliter la tâche au magistrat. L'aider à comprendre comment avant la commission des faits et au courant de leur possible accomplissement je décide de ne pas appeler la police. Après ça le juge jugera.

20 h 12 à ma montre.

Je réécris la téléconsultation du 23 mars.

Son souvenir est encore chaud, je prends une feuille blanche, j'écris vite, je reprends nos SMS à Vincent et à moi, j'écris le contexte, les détails, tout ce qui me revient, fini le style télégraphique, je commence par mon appel, Vincent qui décroche, ses traits tendus, la caméra qui bascule, qui filme le pare-brise, Vincent qui me dit : « Vous voyez ce gros connard de flic docteur ? 135 balles de contravention il m'a mis l'enfoiré, il me soutient qu'un camping-car est un véhicule de loisir alors que je lui dis que c'est mon domicile et que c'est pour ça que j'ai pas d'attestation, je lui dis : "Au volant, je suis chez moi monsieur l'agent", n'est-ce pas que j'ai raison docteur? et ce flic il me répond: "Non, sans attestation ça vous coûte 135 euros"; je lui dis qu'avec un RSA à 565 euros 135 en moins ça va me couler mais le mec s'en branle: "Allez-vous confiner chez vos parents, un camping-car est un véhicule", alors maintenant qu'est-ce que je fais docteur?»

Plus de place au recto, j'écris au verso ma réponse telle que je me souviens l'avoir formulée: «Il ne faut pas y retourner Vincent, tu paies ta contravention, tu choisis entre rester dans ton camping-car ou te confiner chez un ami mais surtout pas chez tes parents, qui pourrait t'héberger?

– Personne, docteur.»

Je note qu'il y a du silence, que nous nous taisons. Le juge me demandera sans doute pourquoi noter ce silence. Je répondrai que le silence, c'est de la sémiologie, le produit d'une décision, l'expression d'une capacité à se retenir, à brider ses pulsions; je lui expliquerai que Vincent à ce moment-là se retient d'insulter le flic, de lui dire d'aller se faire foutre comme il le faisait avec toute figure d'autorité quand je l'ai rencontré la première fois à l'occasion d'un coup de boule flanqué à un pion du collège. Je répondrai aussi que ce silence partagé est une conquête, qu'il m'aura fallu dix ans de travail pour en obtenir la survenue, que j'ai espéré ce 23 mars qu'il aboutirait à autre chose que ce à quoi Vincent s'est résigné, à savoir retourner chez ses parents.

«J'ai pas le choix docteur, faut que j'y retourne.

– Retourner chez tes parents, lui dis-je, ne signifie pas revenir en arrière, tu peux par exemple retourner à leur adresse mais rester vivre dans ton camping-car, te garer chez eux mais ne pas vivre chez eux, tu saisis la nuance ?»

Je note que Vincent me répond : «Je vais essayer docteur» et qu'il me remercie. Je relis mon compte-rendu du 23, c'est fidèle, il est 20 h 20, j'ai écrit d'une traite, je passe à la consultation suivante.

30 mars.

Je note sans trop réfléchir, dans un mouvement de restitution fluide des faits tels qu'ils me viennent. J'écris qu'à l'heure de notre seconde téléconsultation, WhatsApp ouvre sur le visage de Vincent dans une cuisine avec un frigo en arrière-plan. Un homme en slip, obèse et torse nu, fait irruption.

« D'où m'appelles-tu Vincent ?

– De la cuisine de chez mes parents.

– Et l'homme derrière toi ?»

Vincent se retourne et fait signe au type de décamper.

« C'est mon père, désolé.»

Le père de Vincent sort une canette du frigo et répond par un doigt d'honneur avant de sortir du champ de la caméra. Vincent se lève et referme la porte de la cuisine. « On ne sera plus dérangés, excusez-moi.

— Ce n'est pas à toi de t'excuser, pourquoi ne m'appelles-tu pas de ton camping-car ?

— Parce que je viens de prendre une douche chez mes parents, dans le camping-car c'est compliqué. »

J'entends la porte de la cuisine s'ouvrir. La mère de Vincent traverse le champ. « Fais comme si j'étais pas là Vince chéri, je passe juste prendre un truc. »

J'écris que Vincent proteste : « Maman, je t'ai dit de pas venir pendant que je parle avec le docteur.

— Je te rappelle que je suis chez moi, Vince. »

Sa mère quitte la pièce et m'offre son profil avant de claquer la porte de la cuisine.

« J'ai honte, docteur.

— Tu n'as pas à éprouver de honte Vincent, tes parents vont rendre notre échange impossible, je t'appelle après-demain à la même heure, dans ton camping-car, ça te va ?

— Oui, docteur.

— Une dernière chose, j'ai aperçu un hématome sur le visage de ta mère.

— C'est mon père avant-hier, il a bu, elle a vidé ses bouteilles dans l'évier ; mon père était allé acheter des munitions pour tenir les quinze jours de confinement, 50 litres de bibine, elle a tout bazardé, j'ai dû refaire le plein à Carrefour sinon il aurait été en manque.

— OK Vincent, on reparle de tout ça vendredi, je te fiche mon billet que ta mère et ton père écoutent à la porte, je raccroche, à vendredi. »

Je relis. C'est parfait. Parce que fidèle.

La question maintenant c'est : jusqu'où aller dans mes notes ? Jusqu'où aider le juge à comprendre ce qui se passe entre Vincent et moi ? Dois-je écrire qu'au terme de cette deuxième téléconsultation, j'éprouve une sensation désagréable dans tout le corps, l'impression d'être sale ? Sans doute m'objectera-t-on que c'est la rançon d'introduire mon œil chez les gens. Et on aura raison. Autant ne pas écrire ce que je ressens pour le moment.

Nouvelle feuille. Troisième téléconsultation, celle du vendredi suivant, 9 heures du matin. Vincent est au volant de son camping-car, visage dévoré par l'angoisse.

« Ça va, Vincent ? » Il se penche. « Je vérifie dans le rétro que maman ne se planque pas pour écouter, la dernière fois elle était à la porte de la cuisine, vous aviez raison ; avant votre appel ma mère est venue frapper à la porte du camping-car, elle m'a dit : "Faut que je te parle Vince chéri", j'ai répondu que j'allais avoir ma consultation avec vous, elle a répondu : "Vince chéri faut que je te confie un truc, c'est urgent." » J'écris que Vincent fait une pause, qu'il est mal, que je le vois à sa façon saccadée de respirer. Vincent pleure. Il me dit : « Si je vous raconte ce qui s'est passé docteur, je vais vomir, mais faut que je vous le dise, ma mère m'a dit.

– Vas-y, Vincent.

– Elle m'a dit : "Tu sais Vince chéri, ton père me demande de le branler tous les matins mais moi j'en ai marre de le branler, est-ce que tu pourrais lui demander d'arrêter ?" »

Vincent a du mal à respirer.

« Calme-toi Vincent, ça a un nom ça, ça s'appelle *l'incestuel*, un parent ne peut pas dire une chose pareille.

– Alors pourquoi ma mère elle me dit ça ?

– Parce qu'elle est malade Vincent, ton père aussi est malade, ils n'ont pas de limites, le tabou n'existe pas chez eux, le confinement aggrave les choses, ça t'arrive à toi, mais ça arrive à d'autres de mes patients, tu dois t'éloigner d'eux, te protéger, je te l'ai dit dès le début du confinement.

– Mon père frappe ma mère, docteur, sauf quand je suis là, il a peur de moi, rester avec eux, c'est mettre ma mère en sécurité.

– Non Vincent, si tu restes chez eux, tu es fichu, ton camping-car est une chance, bouge-le, pars à la campagne, dans une rue, en ville, sors quand tu en as besoin, veille à toujours avoir une attestation sur toi mais sauve-toi.

— Merci docteur, je vais suivre votre conseil, à la semaine prochaine. »

Je pose mon Bic. Une page recto-verso d'une traite. Je la relis : là encore c'est fidèle. Je regarde ma montre. Bientôt 21 heures. J'écris en bas de page que les trois dernières semaines d'avril, Vincent disparaît de mes radars alors que je laisse des messages lui demandant de me rappeler.

Quatrième et dernière consultation, aujourd'hui. Je prends une nouvelle feuille, j'écris jeudi 7 mai 2020 19h53, après plusieurs semaines d'absence Vincent m'envoie un SMS : « Bonjour docteur maman a tenté de se suicider, je peux vous appeler ? »

J'appelle Vincent en WhatsApp vidéo. Je reconnais le camping-car.

« Vincent, tu es où ?

— Sur le parking de l'hosto.

— Ta mère, qu'est-ce qu'il s'est passé ?

— Maman s'est ratée, elle a placé le fusil à lapin de papa sur sa poitrine, la cartouche a arraché l'épaule. Elle est miraculée, disent les médecins.

— Ta mère communique ?

— On se parle au téléphone.

— Comment ta mère explique-t-elle son geste ?

— Une dispute avec mon père.

— Vincent, une dispute ne se règle pas à coups de fusil.

— C'est aussi pour ça que je vous appelle, docteur : il n'y aura plus de dispute, plus jamais, je vais prendre la route et lui pulvériser sa sale gueule à mon père, c'est de sa faute si ma mère a tenté de se suicider. »

Vincent me montre le fusil sur le siège à côté de lui.

« Non Vincent, tu m'appelles pour t'empêcher de faire une bêtise.

— Non docteur, je vous appelle pour vous remercier de tout ce que vous avez fait pour moi depuis que je suis gosse, mais je suis le fils d'un taré et la vérité c'est que mon père est un problème, je vais lui régler son compte à ce fumier et toute cette merde sera terminée, mon père est une vermine. »

J'écris ma réponse de tout à l'heure : « Primo Vincent, tu n'utiliseras pas la violence pour résoudre tes problèmes ; deuzio, ta mère est seule responsable de son geste, c'est elle qui a appuyé sur la gâchette, pas ton père. »

Vincent me coupe la parole.

« Mon père est responsable, je ne vous ai pas écouté l'autre fois, je suis resté là-bas, mon père bat ma mère, des tartes dans la gueule dès que j'ai le dos tourné, elle en a eu marre, *je n'en peux plus mon chéri de la violence de ton père*, je peux vous envoyer la copie de son SMS reçu deux minutes avant qu'elle se tire la cartouche, mon père ne lui fera plus jamais de mal.

– Vincent, on se connaît depuis longtemps, ta mère cherche ton père, elle a besoin de lui, de sa violence, elle a voulu ce qui lui est arrivé, tu vas faire une connerie. »

Vincent s'arrache les ongles. Je me tais. Il y a un long silence.

« Il est urgent de ne rien faire, Vincent.

– Ma décision est prise docteur, je vous remercie pour toutes ces années et tout ce que vous avez fait. »

Il raccroche.

21 h 15, réécriture du dossier terminée. Le juge jugera.

Dehors il fait nuit.

J'appelle Vincent, une dernière fois, on ne sait jamais. Il décroche : « Docteur, je vous rappelle en WhatsApp vidéo, à tout de suite. »

Je raccroche. Je tourne en rond. Mon iPhone sonne. Je prends l'appel. Le visage de Vincent apparaît, hachuré d'éclairs bleus.

« Où es-tu, Vincent ?

– Chez mes parents, je viens de sortir dans la cour, je vous montre. »

Vincent tourne la caméra. Les gyrophares bleus du Samu éclairent le camping-car. La caméra revient sur son visage.

« En arrivant j'ai trouvé mon père au sol, il baragouinait : "J'ai mal au bide, je vais crever aide-moi Vincent" ; il avait bu, il se tordait sur le carrelage, je lui ai dit : "C'est marrant, tu te souviens de mon prénom quand ça t'arrange, tu me traites plus de *petit pédé* ?" Il m'a répondu : "Va te faire foutre petit pédé, t'es juste bon à te faire enculer" ; là y a son portable qui sonne sur la table basse, un message de ma mère, je lis *je t'aime mon chéri je t'aime pardonne-moi tout le mal que je t'ai fait ;* là je vois rouge, je dis à mon père : "Toi et maman vous êtes des cinglés" ; je suis parti chercher l'fusil dans le camping-car, jui ai niqué son téléphone à coups de crosse, après ça j'ai raccroché le fusil au mur et jui ai dit : "Fais en bon usage, ça se place sous le menton y a juste qu'à appuyer sur le bouton" ; après ça j'ai appelé le 15, le Samu a débarqué, ils sont en train de s'occuper de lui mais y a une question qu'il faudra qu'on aborde la prochaine fois, c'est comment ça se fait que moi je suis pas comme eux, parce qu'on est d'accord que je suis pas comme eux, docteur ? »

21

Assis à ma droite dans l'église, Ben tousse, plié en deux, visage enfoui dans le coude. La quinte est violente. Le prêtre s'interrompt. Je passe ma main dans le dos de Ben. Sa poitrine siffle. Il sort un aérosol et prend une grande bouffée. Son pouce se dresse en direction du prêtre. L'homélie reprend. Je surveille Ben, ses conjonctives rouges. Il fait frais dans l'église. Je frissonne. Ben pose les mains sur ses cuisses et regarde le sol. À notre droite, le cercueil en acajou verni de Tony brille sous la lumière des vitraux. Le prêtre lève les deux mains : « Tony nous a montré le chemin, il nous a livré le témoignage d'une fin de vie dont le fil conducteur est l'amour, l'amour qui prend patience comme dit saint Paul dans sa lettre aux Corinthiens. »

Je jette un coup d'œil derrière nous. Au fond de l'église, les deux officiers des pompes funèbres attendent, debout, immobiles, mains jointes gantées de plastique à côté d'un porte-cercueil extensible en métal avec des pneus. C'est la première fois que j'en vois un dans une église. C'est laid, comme une anomalie, ça ne va pas avec les lieux. Ben a rappelé aux porteurs que Tony n'était pas mort du covid et que nous souhaitions un portage à l'épaule avec eux. Le plus costaud a été catégorique : ce chariot, c'est notre sans-contact à nous, les médecins peuvent se tromper, les morts être infectés, on part du principe qu'ils sont contaminés, des cercueils pas hermétiques à portée de visage laissent échapper des gaz de décomposition, donc du virus.

À la droite de Ben, Sarah écoute le prêtre évoquer la mémoire de son père. Elle ressemble à Tony. C'est Ben qui est allée la trouver, sans rien dire à personne, ni à Tony ni à moi ni au reste de l'équipe. Il y est allé sur son jour de repos, le lendemain d'avoir tremblé contre ma poitrine. Ben s'est rendu aux urgences où travaille Sarah. Il s'est présenté sous son identité d'infirmier, il a demandé si Sarah était là. La secrétaire l'a fait appeler et Sarah s'est présentée. Ben lui a demandé s'ils pouvaient s'entretenir seul à seule, dehors. Il a sorti une enveloppe et dit : « C'est pour vous. » Sarah l'a ouverte. Elle s'est vue en photo le jour de ses 10 ans devant son gâteau. Elle a lu les mots de son père. « Il est mort ?

— Non, il est en soins palliatifs, il m'a demandé de vous remettre cette photo le jour où il ne sera plus là, j'ai songé que vous aviez le droit de savoir qu'il était en fin de vie, je vous ai laissé mon numéro de portable dans l'enveloppe si vous voulez plus d'informations. »

Ben ensuite a filé.

Le prêtre nous invite à bénir le cercueil : « Vous pouvez accomplir le geste de votre choix pour dire au revoir à Tony. »

Sarah bénit son père d'un signe de croix. Ben pose les doigts sur le cercueil. Moi, je me recueille. Je revois Tony sautiller et boxer dans le vide devant le banc du foyer. Le prêtre invite les pompes funèbres à venir chercher le cercueil. J'entends de la musique.

« Tony va maintenant vers la lumière, dit le prêtre, lui et sa fille ont choisi ce morceau pour accompagner ses derniers pas. »

Un piano et une guitare. Je sors mon iPhone. Je shazame : Terry Calier, *And I Love her*. Sarah est la dernière à sortir de l'église. Elle accompagne le cercueil de son père, main posée dessus, son pas est calme, rien à voir avec l'agitation qui a suivi la réception de la photo il y a un mois. Sarah a appelé Ben le lendemain : « J'aimerais rencontrer mon père et que vous soyez présent, Benoît.

— Quand ?

– Demain.

– Je finis à 14 heures, rendez-vous devant l'entrée principale de l'hôpital, ça vous va ?

– Parfait. »

Ben a raccroché. Le jour du rendez-vous devant le hall de l'hôpital, Ben s'est présenté à Sarah en lui intimant de ne pas l'approcher : « Je vous conduis jusqu'à la chambre de votre père mais restez derrière moi, j'ai des courbatures, je ne sens plus rien, j'ai 39 de fièvre, on va prendre les escaliers. »

Au troisième étage, Ben s'est arrêté devant la chambre de Tony :

« J'y vais seul, ce ne sera pas long, ensuite je vous laisse avec votre père. »

Ben a frappé : « Tony, c'est moi, je peux entrer ?

– Viens, cousin ! »

Tony l'a accueilli, allongé sur le dos, mains derrière la nuque, sans masque.

« Je ne vais plus venir pendant quelque temps Tony, j'ai de la fièvre, je commence à tousser, je ne veux pas te faire courir le moindre risque, tu comprends ?

– T'as peur qu'il m'arrive quoi cousin, je suis en soins palliatifs ! »

Ben s'est assis le plus loin possible de Tony.

« On va s'appeler par Skype, le temps que je ne sois plus contagieux, et puis mets ça à partir de maintenant. »

Ben lui a tendu un masque.

« T'es con ou quoi cousin, je vais pas mettre un masque parce que t'as peur de me filer la crève !

— Ta fille est derrière cette porte Tony, alors tu mets ce masque et moi je la fais entrer. »

Tony s'est tu, il s'est empressé de recouvrir le trou au milieu de son visage. Ben a ouvert la porte à Sarah avant de s'en aller. Après ça, la fièvre a grimpé pendant trois jours, Ben a pris des corticoïdes, du salbutamol et un arrêt de travail.

Les pompes funèbres installent le cercueil sur les rails du corbillard. J'enlève ma veste, il est 11 heures, l'air est chaud. Sarah regarde son père disparaître dans le véhicule et se tourne vers nous : « J'aimerais que vous m'emmeniez avec vous au cimetière, je récupèrerai ma voiture après.

— OK. »

Sarah s'installe sur la banquette entre Ben et moi. Nous suivons le corbillard.

« Mon père vous aimait beaucoup, Benoît. »

Pour toute réponse, Ben tousse. Le corbillard grille un feu rouge. Les pompes funèbres nous laissent en rade au feu.

« Mon père, il est déjà monté dans ce camion ? »

Le feu passe au vert. Ben enclenche la première : « Oui.

— Souvent ?

— Un certain nombre de fois. »

Je montre à Sarah la banquette arrière.

« Votre père s'asseyait ici, près du carreau, derrière Ben, il passait son temps à regarder votre photo, il parlait souvent de vous. »

Les pompes funèbres nous attendent devant les grilles ouvertes du cimetière. Ben gare le camion. Nous nous plaçons mains jointes derrière le corbillard. Sarah se cale entre Ben et moi. Nous remontons l'allée centrale. C'est noir de monde depuis que le cimetière a rouvert hier, lundi 11 mai. Le corbillard s'arrête. Les porteurs ouvrent le hayon. Ben s'avance : « Mon collègue et moi allons vous aider à porter notre ami par les poignées, à hauteur de hanche. »

Le plus trapu tire le plancher en noyer. Nous prenons la tête, eux les pieds. Nous portons Tony jusqu'aux poutrelles au-dessus du caveau. Les porteurs passent deux cordes aux extrémités. Sarah pose une dernière fois la main sur le cercueil. Tony est descendu, la dalle poussée. Nous regagnons la sortie.

De retour au camion, Ben s'adresse à Sarah : « Votre père m'a demandé de vous montrer un endroit auquel il tenait, je vous y emmène et ensuite je vous redépose à votre véhicule, ça vous va ?

– D'accord. »

Nous prenons les boulevards. Devant le parc circulent des enfants à vélo, des joggers, des poussettes. Des gens entrent et sortent des magasins, des voitures circulent, des camions aussi. Ben emprunte le pont, tourne à gauche et se gare en haut de la butte depuis laquelle nous avons vue sur le canal et son chemin de halage. Il coupe le moteur.

« C'est ici. »

Nous descendons du camion. Je regarde ma montre, bientôt midi.

« Je vous laisse, je suis de service mortuaire à 13 heures, je vais m'acheter un sandwich et marcher un peu, encore toutes mes condoléances Sarah. »

J'observe Ben et Sarah descendre à contre-jour l'escalier qui mène au canal. Le soleil m'éblouit. Je ferme les yeux. Je me concentre sur les sons autour de moi. Le chant des oiseaux est écrasé par le vacarme des camions sur le pont. Je rouvre les yeux. Ben et Sarah sont devenus deux taches noires impossibles à regarder. Mes yeux n'encaissent plus. Je les referme. À nouveau cette bouillie sonore, les vivants dans leur bagnole, leur klaxon, leurs accélérations nerveuses. Je rouvre les yeux. Je fais demi-tour. Direction l'hôpital.

22

Je remonte vers le pont qui enjambe le canal. Le soleil brûle ma nuque. Ma gorge est sèche. J'ai soif. Je pourrais retourner au camion et y chercher une bouteille d'eau, mais pour ça il me faudrait les clés, perturber le recueillement de Sarah, hors de question. Il y a une sandwicherie après le pont juste au-dessus de la pharmacie. J'achèterai une bouteille. Si je tiens jusque-là. Si je parviens à franchir ce pont. Parce que ça recommence. Mon ventre. Cette douleur. Je m'agrippe au parapet. Ça brûle. Je regarde en bas. Le chemin de halage. Ben et Sarah se tiennent là où Tony nous a indiqué avoir embrassé la mère de sa fille. Les eaux du canal m'éblouissent. La douleur remonte le long de mon estomac. Un goût de métal dans la bouche. Il me faut chasser ça, boire quelque chose, une canette de Coca plutôt que de l'eau, un truc sucré histoire de tenir car je ne pourrai rien avaler, mon corps est détraqué, tout s'est contracté, à commencer par mon estomac. Et mes mains qui tremblent maintenant.

Je marche comme je peux. Je fais des pauses. La croix verte d'une pharmacie clignote et affiche 29 degrés. Je vais faire ce que j'aurais dû faire depuis longtemps, acheter des médocs, shooter mes angoisses. La porte vitrée indique *Masque obligatoire*. J'enfile un masque. La porte s'ouvre. Zéro client. La clim me donne froid. J'appuie sur la pédale d'une pompe à gel, je tends ma carte professionnelle à la pharmacienne.

« Une boîte de Lexomil s'il vous plaît, je suis médecin. »

La pharmacienne me compare avec la photo. Je baisse mon masque. Elle me rend ma carte et disparaît dans l'arrière-boutique. Je tire un gobelet de sous une fontaine. Je bois.

« Il vous faut autre chose ? »

La pharmacienne doit me prendre pour un de ces médecins toxicos occupés à faire le tour des pharmacies.

« Vous vendez des chewing-gums ?

— Oui, des sans-sucre, derrière vous. »

Je me retourne : thé vert, menthe poivrée, chlorophylle, pomme, sureau, agrumes. J'hésite à relancer ma salivation avec un tube au thé vert – ça risque de renforcer le goût de métal. Je pose la menthe poivrée sur le comptoir.

« Ça fera 7,80 euros, vous réglez par carte bancaire ?

– Oui. »

La pharmacienne présente son sabot. Ma carte tremble au-dessus de l'appareil. J'arrache le ticket que je fourre dans mon sac à dos. J'avale un Lexo. L'horloge derrière la pharmacienne indique 12 h 20. Restent quarante minutes avant de rejoindre Mireille.

« Vous souhaitez autre chose ?

– Oui, prendre un deuxième comprimé, dis-je en l'avalant aussitôt avec un verre d'eau.

– Vous n'êtes pas en voiture j'espère ? »

J'ouvre le tube de chewing-gums et en gobe un.

« Non, à pied, je prends mon poste à 13 heures, ça va aller, bonne journée, merci. »

Retour à la fournaise du boulevard. Les voitures filent comme s'il y avait le feu. Des jeunes s'agglutinent devant la sandwicherie un peu plus loin sur le trottoir. Je lève les yeux : la croix verte indique 12 : 24 et 30 °. Je retire mon masque. Je n'ai pas faim, mon estomac s'est atrophié, la faute à l'angoisse. Ça ne devrait plus durer. Deux comprimés de Lexomil, c'est énorme – mais je refuse de souffrir davantage. Je frappe fort. Mieux vaudrait rejoindre l'hôpital au plus vite histoire de me mettre en sécurité, on ne sait jamais, ça pourrait me sédater d'un coup, en pleine rue. J'accélère. J'esquive les passants sur le trottoir. Deux ados s'embrassent sous l'œil de leur tribu. Ça me rappelle Julie et moi – dans une autre vie. J'ai chaud. Mon maillot est trempé. Un Uber Eats fonce dans la contre-allée pour éviter les bouchons. Je me plaque contre la façade d'une maison. Le Lexomil n'entame pas mes réflexes. En conditions standards, il faut vingt minutes au médicament pour agir. Je ne suis pas en conditions standards : je suis sous la chaleur et à jeun, ce qui accélère la dissolution du comprimé dans l'acide gastrique et son passage vers mon cerveau.

L'arrêt de bus devant l'hôpital est l'endroit idéal pour attendre l'effet du produit. Personne. Je m'assois contre la paroi vitrée sous les horaires de passage. Je respire, mains dans les poches. Je ferme les yeux. Je me concentre sur les oiseaux qui pépient dans les trois chênes épargnés par la construction du parking Vinci de l'hôpital. Une onde de calme monte en moi, chaude et lumineuse sous mes paupières fermées. Mon estomac se détend, il reprend son volume. Mes muscles se relâchent. Je sors la main gauche de ma poche, j'ouvre un œil : 12 h 42. Si un surdosage doit arriver, c'est maintenant. Je referme les yeux, je respire, je me dissous dans les gazouillis d'oiseaux.

L'arrivée du bus me réveille. 12 h 55. Je fais signe au chauffeur que je ne monte pas. Le bus repart. Je me lève du banc. Mes mains ne tremblent plus. Chaque son est perçu avec acuité. Ma vision est précise. Je m'étire, doigts et paumes tendus vers le ciel. Mon échine a gagné en souplesse. Je marche vers la morgue. Il y a de la puissance dans mes cuisses. Le Lexomil qui ramollit les corps augmente le mien, ça me ressuscite. J'avance. Un ambulancier que je connais me salue. Ma tape sur son épaule le déséquilibre. Je le retiens.

« Excuse-moi.

– Y a pas de mal. »

Il s'en va. Je n'ai pas senti ma force. Je poursuis mon chemin. J'enfile un masque. Les portes vitrées de la morgue s'ouvrent. J'entre dans le secrétariat.

« Bonjour Carine. »

La secrétaire lève les yeux de son écran : « Bonjour, Mireille t'attend Unité Covid 4, troisième étage, il y a deux corps là-haut.

– Merci, j'y vais. »

Clin d'œil à Carine. Je file au vestiaire enfiler une combinaison jetable. Je place mes vêtements et mon sac à dos dans un casier. Ma peau moite accroche le tissu en papier de la combi. Je fais un trou avec le pouce dans la manche papier comme Norah me l'a appris il y a deux mois. J'enfile chaussures et surchaussures, blouse, charlotte, tablier en plastique et gants. J'enfile un FFP2 et une visière. Je quitte le vestiaire et me dirige vers l'ascenseur. Je siffle dans le sous-sol. Je suis seul. J'appuie sur le bouton d'appel de l'ascenseur. Il est au sixième, la morgue au – 1. Je siffle le troisième mouvement de la *Symphonie n° 3* de Gorecki. Ce qui fait beaucoup de 3 : un pour la symphonie, un autre pour le mouvement, auxquels s'ajoutent le 3 de 33 corps – parce que dimanche dernier j'en étais à 33 – ou encore le 3 de 2020-384 du nom de ce foutu décret du 1er avril dernier qui dispose que les soins au corps des personnes décédées et la pratique de la toilette mortuaire leur sont désormais interdits. Depuis quarante-deux jours, Mireille et moi ne procédons plus à des adieux au visage, mais à l'évacuation silencieuse des 2020-384.

L'ascenseur s'ouvre. Personne à l'intérieur. J'appuie sur le chiffre 3. Les portes se referment. Je continue à siffler. Dans le miroir à côté du clavier, j'observe les rougeurs sur mon front : le soleil m'a cuit le visage. J'arrive à l'étage, les portes s'ouvrent, j'arrête de siffler. Mireille m'attend au bout du couloir.

« Salut, on commence par lui. »

Elle colle une étiquette sur ma manche.

« *Raymond Morel*, lis-je à haute voix, inconnu au bataillon.

– Sûr ?

— Certain. »

Mi-avril, Mireille a mis en housse une connaissance à elle du lycée, ça l'a empêchée de dormir plusieurs nuits d'affilée. Mireille me montre la chambre du doigt, gémit et pose les mains sur ses reins : « On va commencer par la 311.

— Ménage ton dos, laisse-moi faire. »

Je pousse le brancard d'une main, de l'autre le chariot jusqu'à la chambre. Mireille ouvre la porte. J'allume la lumière. L'homme a un bras dans le vide, les doigts à quelques centimètres du sol, le buste de travers. Je prends l'homme sous les aisselles. Je tire son corps vers le centre du matelas. J'ouvre les stores et la fenêtre.

« Mais qu'est-ce que tu fais ?!

— Ce monsieur aurait sans doute aimé un peu d'air et un dernier bain de lumière avant la housse, tu ne crois pas ? »

Mireille réfléchit, toujours les mains sur les reins.

« OK, on laisse ouvert. »

Je regarde l'homme, la pièce. Je prends une profonde inspiration. Mon corps est au rendez-vous. Je me sens bien. Jamais la position de chaque élément dans la chambre d'un défunt n'avait été cartographiée par moi de façon aussi précise. Je scanne tout. Chaque détail dans l'équation à trois corps que dessine le décret 2020-384 est repéré :

le corps de Raymond Morel d'abord, celui de Mireille ensuite – qu'il convient d'épargner ; le mien enfin, qui va redresser la situation, à commencer par le souci que j'ai de faire rouler le fauteuil visiteur jusqu'à Mireille pour lui proposer de s'asseoir dedans : « Épargne-toi, tu m'aideras quand il faudra transférer le corps sur le brancard, ça te va ? »

Mireille me remercie. Elle s'assoit, soulagée. Dire qu'il y a une heure je doutais sur ce pont et que maintenant je suis là où je dois être, c'est-à-dire entre un lit et un mur, le corps d'un mort prêt à partir dans la lumière – c'est important la lumière. Je commence par le cathéter dans le bras droit de l'homme, j'enlève le pansement qui le recouvre. L'adhésif se prend dans mon gant. Je tire. La veine explose. Du sang plein ma visière. Le cathéter est prisonnier du Scotch au bout de mon doigt. Je peste.

« Est-ce que tu peux prendre la paire de ciseaux et couper le pansement collé à mon gant s'il te plaît ? »

Mireille découpe le Scotch. Le cathéter tombe dans la poubelle Dasri.

« Merci, repose-toi, je file aux sanitaires, je reviens. »

Je remplis une bassine, je reviens près du corps. Mireille ne me lâche pas des yeux.

« Pourquoi de l'eau ?! »

Je sors de son emballage le gant à usage unique destiné au nettoyage à sec du visage. Je le passe sur le nez de Raymond Morel, ses yeux, ses joues, son cou. Je le plonge dans la bassine, ce que ne prévoit pas le décret 2020-384. Ça mousse.

Mireille bondit du fauteuil.

« Tu ne vas pas laver le monsieur rassure-moi !? »

J'essore le gant.

« Je fais ce qu'il y a à faire Mireille, reste assise. »

J'applique le gant sur le torse de Raymond Morel, je lave sa chair, ses poils blancs, j'observe leur façon d'épouser la peau à chaque passage de ma main sur sa poitrine, une poitrine qui a lutté, qui mérite qu'on prenne soin d'elle.

Mireille arrête mon geste.

« Tu ne peux pas faire ça. »

Je dégage sa main. Mireille me dévisage.

« Mais qu'est-ce qui te prend bon sang ?! »

Je me tais. Je lave le ventre de l'homme. Je vérifie qu'aucune zone n'a été oubliée.

« Arrête ça tout de suite ! »

Je rince et frotte l'épaule, le bras, l'avant-bras. Mon gant passe sur la main, la paume, je lave pouce, index, majeur et annulaire, je montre l'anneau de mariage à Mireille.

« Quand sa veuve viendra tout à l'heure, tu lui diras que nous avons fait ce qu'il faut et, pour la première fois depuis des semaines, tu passeras une bonne nuit. »

Je repose le bras et passe à l'autre épaule.

« C'est interdit, arrête-toi.

– Nous ne commettons rien de mal, c'est entre toi, moi et lui. »

Mireille se dirige vers la porte.

« Je ne veux pas être complice de ça, viens me chercher quand tu le transfèreras sur le brancard. »

Mireille quitte la pièce. Je lave le reste du corps. Je sèche la peau de Raymond Morel nu dans la lumière, son sexe recouvert par le drap. J'ouvre son armoire : un jean, un tee-shirt, des sous-vêtements, une eau de toilette. Sur la tablette du bas une paire de chaussures. Je parfume son corps. Je lui enfile une protection, un tee-shirt. Le jean offre plus de résistance, les cuisses de l'homme sont volumineuses. Soulever son bassin me fait mal au dos. Les chaussures sont lacées. Je coiffe Raymond avec mes doigts. Ses mains sont disposées en croix sur le torse. L'horloge au mur indique 13 h 25. Je retourne dans les sanitaires, je passe mes gants à l'Anios, j'élimine jusqu'à la plus petite particule de virus et je les sèche. Je sors mon iPhone de sous ma blouse. « Dis Siri, ouvre l'appareil photo. »

La lumière est parfaite. Je prends plusieurs clichés : portrait en pied, en buste et un dernier centré sur le visage. La veuve aura au moins ça, une image de son homme, un homme digne, droit et beau, habillé sur son lit. Je range mon portable sous ma combi. Je déplie une housse. Je la passe sous le corps. La bascule du torse et du bassin ne pose aucun problème, force de l'habitude, des 33 corps retournés avant celui-ci. Raymond est dans sa housse. Je la zippe, je vais chercher Mireille. J'ouvre la porte.

« Bonjour, docteur. »

Isabelle s'invite dans la chambre.

« C'est quoi cette bassine, vous avez lavé le corps ? »

Mireille la suit, qui s'approche du placard resté ouvert.

« Il devait y avoir les effets personnels du monsieur là-dedans, il l'a habillé. »

Mireille me dévisage.

« N'est-ce pas que tu l'as habillé ?! »

Isabelle me fait face.

« Docteur, avez-vous procédé à la toilette mortuaire et habillé le défunt ? »

Sur ma langue à nouveau ce goût de métal.

« Si vous ne répondez pas docteur, je fais procéder à l'ouverture de la housse.

– Oui, Isabelle, j'ai lavé le corps – et oui je l'ai habillé.

– Docteur, vous allez aider votre collègue à transférer le corps sur le brancard. Ensuite vous rentrerez chez vous, quelqu'un va vous relever. »

Mireille prend les pieds. Je bloque les freins du brancard. Nous transférons Raymond Morel sous l'œil vigilant d'Isabelle.

« Merci docteur, vous pouvez enlever vos protections et aller vous rhabiller. »

Mireille n'a pas un regard pour moi. Isabelle ferme la fenêtre et baisse les stores. Je retire tout, sauf mon masque. Dans ma tunique bleue en papier, je frictionne mes mains au gel avant de quitter la chambre. Je prends l'ascenseur. Direction –1. Toujours cette affiche : *Si vous n'allez pas bien, n'attendez pas : le service de psychiatrie de l'hôpital et ses professionnels sont à votre écoute. Faire du sport, courir, marcher, méditer peuvent vous aider. Surtout, ne recourez pas à l'alcool.* Je quitte l'ascenseur. Direction le vestiaire du sous-sol. Le goût dans ma bouche est atroce. Mes mains tremblent. Je m'y reprends à deux fois avec le digicode avant d'ouvrir la porte. J'appuie sur l'interrupteur. Mon casier. Je l'ouvre. Mon sac à dos. La fermeture Éclair me résiste. Son ouverture brutale fait voler son contenu. Le tube de chewing-gums à la menthe poivrée roule sous le casier. À plat ventre je tâtonne, mains dans la poussière. Je trouve le tube, je l'ouvre, j'avale un chewing-gum. Je m'assois au sol dos contre le casier, je mâche, j'essaie de faire revenir ma salive. Ma poitrine va exploser. Je me lève en prenant appui sur le lavabo. Ça tangue. Mes mains déchirent le tissu en papier de ma combinaison, mon iPhone s'écrase au sol. Torse nu, en caleçon, je ramasse mon téléphone. L'écran est intact. J'appuie pour vérifier. Face ID reconnaît mon visage et déverrouille l'appareil. Raymond Morel apparaît sur l'écran, son visage peigné sur le lit.

NOTE DE L'AUTEUR

L'Adieu au visage est né d'un journal de bord tenu entre mars et mai 2020 : il n'en est ni la traduction, ni l'extension, ni la réécriture mais sa dissolution dans la littérature.

Si toute ressemblance des personnages croisés dans *L'Adieu au visage* avec des personnes ayant réellement existé est inévitable, c'est le mot « ressemblance » qu'il faut interroger, avec sa *-semblance* pour radical, cette *-semblance* qu'on trouve aussi dans « vraisemblance ». La ressemblance rappelle que l'écrivain fabrique des masques – pas seulement quand la situation sanitaire l'exige. Il fabrique des masques pour protéger leurs porteurs, pour les *vraisembler*, c'est-à-dire passer la vérité des visages sans dévoiler leur identité – et passer ainsi des personnes aux personnages. *L'Adieu au visage* s'est écrit en funambule sur une ligne de crête avec une idée : performer son objet, cet objet qu'est le *soin*, le *prendre soin*, le *prendre soin jusqu'au bout* – et ce bout, c'est cette note.

L'Adieu au visage est l'écriture d'un tremblement dont l'angoisse aura été de prendre soin jusqu'au bout des humains dont il parle. En les masquant. En les protégeant.

REMERCIEMENTS

L'Adieu au visage n'aurait jamais vu le jour sans Roberto Ferrucci, son intelligence et sa sensibilité. Il est *cette histoire qui m'arrive*, une histoire au sein de laquelle des coïncidences tabucchiennes se seront sans doute glissées. Mais nul doute que c'est parce que écrire c'est prendre soin que Roberto et moi nous sommes trouvés. Si l'écriture a un visage, elle a le sien.

Un immense merci à Lilya Aït Menguellet de la librairie Meura. Lilya aura été la porteuse infatigable de mon texte. Amoureuse des livres, des auteurs et de l'écriture, ce livre lui doit le jour. *L'Adieu au visage* aura grandi sous son aile, une aile qui a un nom : l'Atelier Meura, un atelier né du désir avec Roberto de faire se rencontrer un être et sa langue – la plus belle rencontre qui puisse arriver dans une existence.

J'adresse également mes remerciements à David Galati pour sa participation à ce travail et son indéfectible soutien, aux ateliéristes Meura pour m'avoir aidé à dessiner le visage de la catastrophe, à Marie Holleville dont la première impression est toujours la bonne, à Joy Sorman pour sa lecture déterminante de mon manuscrit, à Xavier Tresvaux pour la précision chirurgicale de ses remarques sur mon texte, à Patrick Varetz pour ses généreux conseils, à Yan Duyvendak pour nos échanges à propos de l'ouverture de *L'Adieu au visage*, à Fabrice Dewolf pour son retour sans concession qui m'aura servi de boussole, à François Deneufgermain pour ses réflexions sur la gestion de la crise par les forces de l'ordre, à Annyck Deneufgermain qui m'a offert ma première machine à écrire et montré la direction, à Alain Deneufgermain qui m'a appris qu'*amour* et *soin* sont – et doivent rester – des pléonasmes, à Élodie Letemple pour avoir pris soin de moi toutes ces années.

L'Adieu au visage n'aurait jamais pu s'écrire sans mes compagnons de l'équipe mobile Rimbaud avec laquelle je soigne la rue depuis onze ans. Je pense à Christophe Maenhout et sa tendresse pour celles et ceux que la pathologie mentale jette sur le pavé ainsi qu'à nos heures passées à tourner dans la ville et soigner, à Frédéric Bourse qui, quatre ans après les faits, a accepté pour les besoins de ce manuscrit de replonger avec moi en enfer et trembler devant le vertige de voir nos souvenirs réagencer le réel pour nous en protéger. Frédéric est un modèle de courage dans la tempête, comme l'ont été et le restent nos camarades mobilisés – je songe à Sarah, Adeline, Tiphaine, Malorie, Paul, Odile, Marie-Hélène, Chloé, Shana, Thérèse, Daniel, Fabrice, Stéphanie et tant d'autres dont j'admire la ténacité. J'ai une pensée affectueuse pour Dominique Boussingault, infirmière dévouée et cadre courageuse de notre équipe, et pour Anne-France Baeke, qui ignore le nombre de fois où je suis allé puiser en elle la force de continuer. J'ai une pensée pour le Dr Jean-Jacques Révillion qui aurait été fier de voir l'équipe mobile à qui il a tant donné résister dans la tempête, pour le Dr Jacques Grébert à la hauteur duquel j'espère un jour arriver, pour le Dr Pierre Tonnel qui, dans la tornade qui nous a balayés plus sûrement que le Covid, m'a laissé m'accrocher à lui.

L'Adieu au visage, ce sont aussi les partenaires avec lesquels nous travaillons dans la rue : le 115, les accueils de jour, les foyers d'urgence et l'ensemble des associations impliqués dans la lutte contre l'exclusion – l'Alefpa, Prim'Toit, Midi Partage, la Croix-Rouge, la Fondation Abbé-Pierre rebaptisée

Fondation pour le logement. J'ai une pensée toute particulière pour Gilles Henry, reparti en Lorraine : son infatigable détermination à venir au secours des marginaux les plus fragiles, sa capacité à sortir du chapeau téléphones et forfaits pour que les exclus ne se sentent pas abandonnés, son ingéniosité et ce bouillonnement d'idées permanent sont pour moi une source d'espérance.

Enfin, je veux remercier mes éditeurs, Clémence Billault et Cyril Gay. Tous deux viennent de donner une visibilité inespérée à des femmes et des hommes restés trop longtemps hors champ, coincés dans l'angle mort du confinement. Je ne les remercierai jamais assez d'avoir rendu possible que soient montrés leurs faits et gestes. À mes yeux, Clémence et Cyril sont devenus les acteurs de l'histoire qu'ils publient : ils viennent d'offrir un adieu au visage à ceux qui en furent privés, les Serge, Tony et Loïc au chevet desquels toi, lecteur, tu viens de les veiller.

AUX ÉDITIONS MARCHIALY

JAKE ADELSTEIN,
Tokyo Vice
Le Dernier des yakuzas
J'ai vendu mon âme en bitcoins
Tokyo Detective

CRISTIAN ALARCÓN,
Que ma mort soit une fête

SINAR ALVARADO,
Portrait d'un cannibale

NOÉ ÁLVAREZ,
10 000 km

JORGE ENRIQUE BOTERO,
Attends-moi au ciel, capitaine

SEBASTIAN CASTELIER ET QUENTIN MÜLLER,
Les Esclaves de l'homme-pétrole

JEAN-CHARLES CHAPUZET,
Mauvais Plan sur la comète
Du bleu dans la nuit

ÉLISE COSTA,
Les nuits que l'on choisit

JOHN DANALIS,
L'Appel du cacatoès noir

TIMOTHÉE DEMEILLERS ET GRÉGOIRE OSOHA,
Voyage au Liberland

MARINE DUMEURGER,
Le Prince de Kalmoukie

SONIA FALEIRO,
The Good Girls

ÉMILIE FENAUGHTY,
Carcasse

SIMON FICHET,
Tornade

MICHAEL FINKEL,
Le Voleur d'art

ARMAND GATTI,
Envoyé spécial dans la cage aux fauves

MANON GAUTHIER-FAURE,
Les Pièces manquantes
Les Fantômes du lac

A. KENDRA GREENE,
Le Musée de la Baleine (que vous ne verrez jamais)

ALMA GUILLERMOPRIETO,
La Révolution, la danse et moi
Samba

ALLISON HOOVER BARTLETT,
L'homme qui aimait trop les livres

KIRK WALLACE JOHNSON,
Le Voleur de plumes

THOMAS JUSQUIAME,
Circulez

KAPKA KASSABOVA,
Lisière
L'Écho du lac
Élixir
Anima

JAY KIRK,
Esquive le jour

RAPHAËL KRAFFT,
Les Enfants de la Clarée
Radio Surobi

JESSICA J. LEE,
Deux Arbres, une forêt

ROMAIN LESCURIEUX ET ANTONIN VABRE,
La Montagne inversée

KARIM MADANI,
Jewish gangsta
Tu ne trahiras point

RAPHAËL MALKIN,
Le Rugissant
Lieutenant Versiga

JUAN PABLO MENESES,
La Vie d'une vache
Le Prodige
Un dieu à soi

GRÉGOIRE OSOHA,
Atome 33

CARLES PORTA,
Tor

MIGUEL PRENZ,
La Guerre des dinosaures

EVAN RATLIFF,
Disparaître dans la nature

ALBERTO SALCEDO RAMOS,
L'Or et l'Obscurité

ANJAN SUNDARAM,
Kinshasa jusqu'au cou
Bad News
Fracas

TAINA TERVONEN,
Les Fossoyeuses
Les Otages
Les Veilleurs

TITAŸNA,
Une femme chez les chasseurs de têtes
Les Ratés de l'aventure

APARECIDA VILAÇA,
Paletó et moi

SIMON WORRALL,
Le Faussaire de Salt Lake City

RÉMI YANG,
Roses d'acier

L'Adieu au visage est le soixante-cinquième ouvrage à rejoindre les étagères Marchialy. Le papier de couverture utilisé est le Old Mill Bianco et le papier intérieur, le Munken Print White.

Mise en pages : Studio Abble
Dépôt légal : août 2025
Achevé d'imprimer en avril 2025 par Aubin
Numéro d'impression 2501.0120
Imprimé en France
ISBN : 978-2-38134-064-7